Jorge Luis
Borges

El Aleph

阿莱夫

[阿根廷] 豪尔赫·路易斯·博尔赫斯 著

王永年 译

上海译文出版社

目 录

1_ 永生

25_ 釜底游鱼

35_ 神学家

49_ 武士和女俘的故事

57_ 塔德奥·伊西多罗·克鲁斯小传

63_ 埃玛·宗兹

73_ 阿斯特里昂的家

79_ 另一次死亡

91_ 德意志安魂曲

103_ 阿威罗伊的探索

117_ 扎伊尔

133_ 神的文字

141_ 死于自己的迷宫的阿本哈坎-艾尔-波哈里

157_ 两位国王和两个迷宫

*159*_ 等待

*167*_ 门槛旁边的人

*177*_ 阿莱夫

*201*_ 后记

永　生

　　所罗门说：普天之下并无新事。正如柏拉图阐述一切知识均为回忆；所罗门也有一句名言：一切新奇事物只是忘却。

　　　　　　　　　　弗朗西斯·培根[1]：《随笔》，五十八

　　一九二九年六月上旬，土耳其伊兹密尔港的古董商约瑟夫·卡塔菲勒斯在伦敦给卢辛其公主看蒲柏[2]翻译的《伊利亚特》小四开六卷本（1715—1720）。公主买了下来，接书时，同他交谈了几句。据说他是个干瘦憔悴的人，灰胡子，灰眼睛，面部线条特别模糊。他流利自如地说几种语言；说法语时很快会转成英语，又转成叫人捉摸不透的萨洛尼卡的西班牙语和澳门的葡萄牙语。十月份，公主听宙斯号轮船的一个乘客说,卡塔菲勒斯回伊兹密尔途中身死,葬在伊俄斯岛。《伊利亚特》最后一卷里发现了这份手稿。

原稿是用英文写的,夹有不少拉丁词语。现转载如下,文字没有任何变动。

一

据我记忆所及,我的艰辛是在百门之城底比斯开始的,那时候的皇帝是戴克里先[3]。我参加过最近的埃及战争,没有什么功勋,我是驻扎在红海之滨贝雷尼斯城的一个军团的执政官:热病和巫术撂倒了许多胸怀大志想驰骋沙场的人。毛里塔尼亚人被打败;反叛的城市夷为平地,永远成为废墟;被征服的亚历山大城苦苦哀求恺撒发发慈悲,但是没有用;不出一年,各军团纷纷传来捷报,然而我连战神的面都没有

---

1 Francis Bacon(1561—1626),英国哲学家、作家。
2 英国诗人蒲柏(Alexander Pope,1688—1744)曾翻译古希腊荷马史诗《伊利亚特》(1715—1720)和《奥德赛》(1725—1726)。
3 Diocletianus(244—311),罗马帝国皇帝,284—305年在位,创建四帝共治制。

见过。这种欠缺使我伤心，也许是促使我投身可怕的广袤沙漠去寻找永生者的秘密城市的原因。

刚才说过，我的艰辛是在底比斯的一座花园里开始的。那晚我内心斗争激烈，一宿没睡。天亮之前我就起来了，我的奴隶都还没有醒，月亮的颜色和无边的沙漠一样黄。一个疲惫不堪、浑身血迹的骑手从东方近来。离我身边几步路时，他翻身下马。他声音微弱干渴，用拉丁语问我城墙前面的河叫什么名字。我回说那是雨水汇成的埃及河。他悲哀地说："我寻找的是另一条河，使人们超脱死亡的秘密的河。"他胸口淌着暗红的血。他告诉我，他家乡在恒河彼岸的一座山上，山里人说只要往西走到世界尽头，就能找到那条河水能使人永生的河流。他还说岸边是那座永生者的城市，有许多棱堡、阶梯剧场和寺庙。他在黎明前死去，但是我当即下了决心去找那座城市和河流。某些毛里塔尼亚俘虏在刽子手讯问时证实了骑手的说法；有的想起世界尽头的极乐净土，那里的人长生不老；有的想起帕克托勒斯河[1]起源的山岭，那里的居民

---

[1] 小亚细亚古国吕底亚的河流，河水夹带金沙，据说在古罗马奥古斯都皇帝时停止出金。

都活一百年。我在罗马时曾同哲学家们探讨,他们认为延长人们的生命只是延长他们的痛苦,增加他们的死亡次数而已。我记不清楚当时我是不是相信永生者之城的传说;我一心只想找到它。格杜利亚总督弗拉维奥派了两百名士兵跟我去进行寻找,我再招募一些雇佣兵,他们说是认识途径,但最早开小差逃跑的也是他们。

后来发生的事情扭曲了记忆,我们最初几天的路程回想起来像是一团理不出头绪的乱麻。我们从阿尔西诺埃城动身,进入炙热的沙漠。我们经过那些食蛇为生、没有语言的穴居人的国度,还经过群婚共妻、捕食狮子的加拉曼塔人和只崇拜地狱的奥其拉人集居的地方。我们艰苦万状地穿过黑沙沙漠,那里白天的温度高得无法忍受,只有趁夜间稍稍凉爽一点的时候才能行走。我打老远望见了阿特拉斯山;山坡上生长清热解毒的大戟属植物,山顶上居住着凶猛粗野、生性淫荡的萨提尔人。我们都认为那些怪物出没的蛮荒之地不可能有一座名城。我们继续行进,因为后退是莫大的耻辱。有些大胆的人在月光下睡觉,结果得了热病;有些人喝了水槽里腐败的水,结果发疯死去。士兵开始私逃,不久又有哗变。

我毫不犹豫采取严厉手段加以弹压。我秉公办事，但是一个百人队长警告我说，哗变的士兵为了替一个被钉十字架的伙伴报仇，阴谋杀我。我带着几名心腹士兵逃出宿营地。黑夜，在沙丘起伏的沙漠里，我们走散了。一支暗箭伤了我。我一连好几天没有找到水，毒辣的太阳、干渴和对干渴的恐惧使日子长得难以忍受。我昏昏沉沉，松开缰绳，听凭我的坐骑自己择路。黎明时，远处出现了海市蜃楼，一片金字塔和高塔。我难以忍受地清晰地看到一座小型迷宫：中央有一坛子清水；我的眼睛看得很清楚，我的手几乎触摸到了，但是那些小径错综复杂，我知道在我到达之前我早就死了。

二

我终于挣脱那个梦魇时，发现自己被捆绑着躺在一个椭圆形的石墓穴里，墓穴不比普通坟墓大多少，是在崎岖不平的山坡上浅浅挖出来的。墓壁湿润光滑，不像是人工斧凿，而像是时间打磨的。我感到胸口痛楚地搏动，口干舌焦。我抬起头，微弱地呼喊。山脚下有一条浊水小溪，流水被乱石沙砾所阻，迟缓得没有声息，岸那边（在落日或者初升的太阳的辉映下）赫然可见那座永生者的城市。我看到了城垣、拱门、山墙和广场：城基是一片岩石台地。山坡和山谷有百来个形状不一的墓穴，和我躺着的地方相仿。沙滩上有浅坑，赤身裸体、皮肤灰色、胡子蓬乱的人从这些浅坑和墓穴里出来。我觉得眼熟：他们属于穴居人的野蛮的种族，阿拉伯湾沿岸和埃塞俄比亚山洞多的是这种人；我知道他们不会说话，食蛇为生。

我干渴难忍，顾不得一切了。我估计自己离沙滩有三十英尺左右；我的手被反绑着，便闭上眼睛，身子一拱，滚下山去。我满是血污的脸埋在浊水里，像牲口那样饮水。在又一次失去知觉，陷入梦魇和谵妄之前，我无法解释地说了一句希腊文："塞列亚的特洛伊富人喝着埃塞波的黑水……"

我不知道过了多少日日夜夜。我浑身酸痛，无法回到洞穴藏身，没遮没盖地躺在荒沙滩上任凭月亮和太阳播弄我不幸的命运。那些愚昧野蛮的穴居人让我自生自灭。我求他们把我杀了，但他们不理睬。一天，我在一块尖利的石块上蹭断了绑手的绳索。另一天，我总算能起立，我，罗马军团之一的执政官马可·弗拉米尼奥·鲁福，总算能乞讨或者偷窃一份难以下咽的蛇肉。

我渴望看到永生的人，接触那超凡的城市，几乎整宿不睡。穴居人仿佛猜到我的心思，也不睡觉：起初我以为他们是监视我；后来发现他们是受了我躁动的感染，正如狗那样互相感染。我选择了傍晚人最多的时候离开那个野蛮的村落，那时候几乎所有的人都从洞穴和坑里出来，视而不见地望着西方。我大声祷告，倒不是求神保佑，而是用发音的语言震住那个部落。我涉水渡过沙洲阻滞的小溪，朝城市走去。两三个人懵懵懂懂地跟着我。他们同这一种族其余的人一样，身材矮小，可憎而不可怕。我绕过几个像是采石场的形状不整齐的洼地；城市的壮丽使我眼花缭乱，因此我觉得它距离不远。午夜时分，我踩到巍峨的城墙映到黄沙上的黑影。神圣的敬畏之感使我停住脚步。新奇的事物和沙漠对人深恶痛绝，我感到欣慰的是一个穴居人居然一直追随着我。我闭上眼睛，坐等天明。

先前说过，城市建筑在一块岩石的台地上。台地像是悬崖绝壁，和城墙一样难于攀登。我的努力全属徒劳：黑色的基础没有落脚之处，浑然一体的城墙找不到一扇门。白天的酷热使我不得不躲在一个洞里；洞底有口干井，井里有梯级通向深不可测的黑暗。我顺着梯级下去，经过一串肮脏杂乱的巷道，来到一个幽暗得几乎看不清的圆形的大房间。这个地下室有九扇门；八扇通向一个骗人的迷宫，最终仍回到原来的房间；第九扇（经过另一个迷宫）通向第二个圆形房间，和第一个一模一样。我不清楚房间总数有多少；越是着急越是摸不到正路，房间也越来越多。四周一片怀有敌意的寂静；那些深邃的石头迷宫里只有来处不明的地下风的声息；一缕缕生锈的水悄悄地渗进岩缝。我逐渐适应了这个令人毛骨悚然的地下世界，我觉得除了门开九扇的圆形地下室和岔分两支的长形地下室之外不可能再有别的东西了。我不知道自己在地下走了多久，只知道有一次回顾往事时把那个野蛮人的村落和自己的家乡搞混了。

巷道尽头，一堵意料不到的墙拦住我的去路，遥远处有光线泻到我头上。我抬起眩晕的眼睛，只见极高极高的地方有一圈蓝得发紫的天空。墙上有金属的梯级。我尽管疲惫不堪，还是爬了上去，只是偶尔停一会儿，幸福地啜泣几下。

我看到了建筑物的柱头和半圆饰,三角形的山墙和拱顶,花岗石和大理石宏伟的雕塑。这样,我从错综复杂、昏昏沉沉的迷宫的领域里升到光辉灿烂的永生者的城市。

我从地下来到一个小广场似的地方,说得更确切一些,是个院子。院子四周是连成一体的建筑,但建筑的组成部分形状各异,高低不一,还有各式各样的穹隆和柱子。这一难以想象的建筑最使我感到惊异的特点是它的古老。我觉得它早于人类,早于地球的形成。这种明显的古老式样(尽管看来有些可怕),依我看,不愧是永生的工匠的手艺。我在这座盘错的宫殿里摸索,最初小心翼翼,后来无动于衷,最后弄得我恼火极了。(我事后发现阶梯的长度和高度是变化不定的,这才明白为什么走得特别累。)"这座宫殿是神建造的,"开始时我这么想。我察看了那些无人居住的地方,纠正了自己的想法:"建造宫殿的神已经死了。"我注意到宫殿的奇特之处,又说:"建造宫殿的神准是疯子。"我很清楚,讲这话时,我带着不可理解的、近乎内疚的责怪情绪,理性的恐怖多于感性的害怕。除了极其古老之外,它给人的印象是无休无止,难以容忍,复杂得到了荒唐的程度。我进过迷宫,但是这座清晰的永生者之城吓到了我，使我反感。营造迷宫为的是迷惑人们，它的富于对称的建筑服从于这个目的。我还没有全部察看的宫殿建筑却没有目的。到处是此路不通的走廊、高不可及的窗户、通向斗室或者枯井的华丽的门户、梯级和扶手朝下反装的难以置信的楼梯。另一些梯级凌空装在壮观的墙上，在穹隆迷蒙的顶端转了两三圈之后突然中断，不通向任何地方。我不知道我举的这些例子是不是夸张，只知道多年来它们经常在我噩梦中出现；我已经记不清哪一个特点确有其物，哪一个是夜间乱梦的记忆。我想，这个城市太可怕了，尽管坐落在秘密的沙漠之中，它的存在和保持会污染过去和未来，在某种意义上还会危及别的星球。只要它保存一天，世界上谁都不会勇敢幸福。我不想描述它；一堆杂七杂八的字句，一只老虎或者一头公牛的躯体，牙齿、器官和脑袋可怕地麇集在一起，互相联系又互相排斥，也许是那座城市的相似的形象。

　　我记不起回去的过程了，记不起怎么经过一处又一处的灰蒙蒙的潮湿的地下建筑。我只知道自己一直胆战心惊，唯恐走出最后一个迷宫时发现周围又是那座令人作呕的永生者的城市。别的我都记不清了。这种无法挽回的遗忘也许是自找的；也许我逃避时的情景如此令人不快，即使某天偶尔想起，我也发誓要把它忘怀。

三

细心的读者看了我艰苦历程的故事后，也许还记得那个像狗一样追随我到城墙黑影下的穴居部落的人。我走出最后一个地下室时，发现他在洞口。他伏在沙地上，笨拙地画着一行符号，随即又抹掉，仿佛是梦中见到的字母，刚要看懂时又混淆在一起。起先，我认为这是一种野人的文字，接着又认为连话都不会说的人怎么会有文字。再说，那些符号没有两个是相同的，这就排除了，或者大大地减少了象征的可能性。那人画着，端详着，又加以修改。接着，他仿佛对这游戏感到厌倦，用手掌和前臂把符号统统抹掉。他瞅着我，没有显出认识我的神情。但是，我感到莫大的宽慰（或者说我的孤独感是如此巨大可怕），我认为那个在洞口地上瞅着我的原始的穴居人是在等我。太阳炙烤着大地；我们等到星辰出现,踏上回村落的路途时,脚底的沙砾还很烫。穴居人走在我前面;那晚我有了一个主意:教他辨认,或者重复几个字。我想,狗和马能辨认字音,罗马十二皇帝的歌鸫能重复学舌。人的理解力再低,总能超过非理性动物。

穴居人卑微可怜的模样使我想起《奥德赛》里那条老得快死的狗阿尔戈,我便给他起名为阿尔戈,并且试图教他。我一次又一次地失败。意志、严格和固执都不起作用。他毫无动静,目光呆滞,不像是理解我反复教他的语音。他离我只有几步,但像是隔得老远老远。他伏在沙地上,仿佛一具倒塌的人面狮身小石像,听任天空从黎明到黄昏在他上面移动。我判断他不可能不领会我的意图。我想起埃塞俄比亚人普遍认为猴子为了不让人强迫它们做工,故意不说话,便把阿尔戈的沉默归因于多疑和恐惧。这个想法又引起别的更为古怪的念头。我想,阿尔戈和我所处的宇宙是不同的;我们的概念虽然相同,但是阿尔戈用别的方式加以组合,把它们构成别的客体;我想,对他来说,也许没有客体可言,有的只是一系列使他眼花缭乱的短暂的印象。我想到一个没有记忆、没有时间的世界;我考虑是否可能有一种没有名词的语言，一种只有无人称动词和无词形变化的性质形容词的语言。日子和岁月就这样逝去，但是一天早晨发生了近乎幸福的事。下雨了，缓慢有力的雨。

沙漠的夜晚有时很冷，不过那一晚热得像火。我梦到塞萨利[1]的一条河流（我在它的水里抓到过一条金鱼）来救我；我在红沙黑石上听到它滔滔而来；凉爽的空气和嘈杂的雨声把我弄醒。我光着身子去迎雨。夜晚即将消逝；在黄色的云下，穴居人种族像我一样高兴，欣喜若狂地迎着倾盆大雨。他们像是走火入魔的哥利本僧侣。阿尔戈两眼直瞪着天空，发出哼哼呻吟；他脸上哗哗地淌水；我后来知道那不仅是雨水，还有泪水。"阿尔戈，"我大声喊他，"阿尔戈。"

那时，他缓缓露出惊异的神情，仿佛找到一件失去并忘怀多时的东西，含糊不清地说："阿尔戈，尤利西斯的狗。"接着，仍旧不看着我说："扔在粪堆里的狗。"

我们轻易地接受了现实，也许因为我们直觉感到什么都不是真实的。我问他对《奥德赛》还有何了解。也许希腊语

---

[1] 古希腊地区名。

对他比较困难,我不得不把问题重说一遍。

他说:"很少。比最差的游唱歌手还少。我最初创作《奥德赛》以来,已经过了一千一百年。"

四

那天,一切都明朗了。穴居人就是永生者,那条多沙的小溪就是骑手寻找的河流。至于那座名声在外、已经传到恒河的城市,永生者们早在九个世纪前已经摧毁。他们用废墟的残砖断瓦在原先的地点盖起我察看过的那座荒唐的城市:像是戏谑的模仿或者老城的反面,也是奉献给那些操纵世界的非理性神道的寺庙,关于那些神道我们一无所知,只晓得他们同人毫无共同之处。那座建筑是永生者屈尊俯就的最后一个象征;标志着永生者认为一切努力均属徒劳,决定生活在思考和纯理论研究的一个阶段。他们建立了城市,把它抛在脑后,然后去住在洞穴里。他们冥思苦想,几乎不理会物质世界的存在。

像是同小孩说话一样,荷马向我叙说了这些事。他还把他晚年和最后一次航行的情况讲给我听，他远航的目的和尤利西斯一样，是要寻找那些从未见过海洋、没有吃过加盐调味的肉、不知道桨是什么样的人。他在永生者之城住了一个世纪。城市被摧毁后，他建议另建一座。我们对这一点并不惊讶；谁都知道，他歌唱了特洛伊战争以后，又歌唱了蛙鼠之战。他像是先创造宇宙又制造混乱的神。

永生是无足轻重的；除了人类之外，一切生物都能永生，因为它们不知道死亡是什么；永生的意识是神明、可怕、莫测高深。我注意到尽管有种种宗教，这种信念却少之又少。古以色列人、基督徒和穆斯林都信永生之说，但是他们对第一世纪的崇敬证明他们只相信第一世纪，而把其余所有无穷无尽的年代用来对第一世纪进行褒贬。我认为印度斯坦某些宗教的轮回之说比较合理；那个轮子无始无终，每一生都是前生结出的果，种出后世的因，都不能决定全过程……永生者的共和国经过几世纪的熏陶，已经取得完美的容忍，甚至蔑视。它知道，在无限的期限里，所有的人都会遭遇各种各样的事情。由于过去或未来的善行，所有的人会得到一切应有的善报，由于过去或未来的劣迹，也会得到一切应有的恶报。正如赌博一样,奇数和偶数有趋于平衡的倾向,智与愚、贤与不肖也互相抵消,互相纠正,淳朴的《熙德之歌》[1]也许是牧歌中的一个形容词或者赫拉克利特一行诗句所要求的抵消。转瞬即逝的思想从一幅无形的图画得到启发,可以开创一种隐秘的形式或者以它为终极。我知道有些人作恶多端,为的是在未来的世纪中得到好处,或者已经在过去的世纪里得到了好处……如果从这个角度来看问题,我们的全部行为都是无可指摘的,但也是无关紧要的。没有道德或精神价值可言。荷马创作了《奥德赛》;有了无限的时期,无限的情况和变化,不创作《奥德赛》是不可能的事。谁都不成其为谁,一个永生的人能成为所有的人。正如科尔纳里奥·阿格里帕[2]那样,我是神,是英雄,是哲学家,是魔鬼,是世界,换一种简单明了的说法,我什么都不是。

永生者普遍受到因果报应毫发不爽的世界观的影响。首先,这种世界观使他们失去了怜悯之心。我提到小溪对岸的废弃的采石场;一个人从高处滚到坑底,口干舌焦,求生不

---

[1] 西班牙文学中最古老的史诗,约成于1140年。
[2] Cornelio Agrippa (1486—1535),德国哲学家,炼金术士。

得，求死不能；他们过了七十年才扔下一根绳索。他们对自己的命运也不关心。对他们来说，身体像是一头驯顺的家畜，每个月只要赏赐它几小时睡眠、一点水和一块碎肉就够了。当然，别人是不想把我们沦为苦行僧的。没有比思考更复杂的享受了，因此我们乐此不倦。有时候，某种异乎寻常的刺激把我们带回物质世界。比如说，那天早上雨水唤起的古老的基本的欢乐。那种时刻很少很少，永生者都能达到绝对的平静；我记得我从没有见到一个永生者站立过；一只鸟在他怀里筑了窝。

根据万事互为补偿的理论，有一条推断理论价值不高，但在十世纪初叶或末叶促使我们分布到世界各地。推断包含在这句话里：有一条赋予人们永生的河，某一地区应该有一条能消除永生的河。河流的数目并不是无限的，永生的旅人走遍世界总有一天能喝遍所有的河水。我们便决定去找那条河。

死亡（或它的隐喻）使人们变得聪明而忧伤。他们为自己朝露般的状况感到震惊；他们的每一举动都可能是最后一次；每一张脸庞都会像梦中所见那样模糊消失。在凡夫俗子中间，一切都有无法挽回、覆水难收的意味。与此相反，在永生者之间，每一个举动（以及每一个思想）都是在遥远的过去已经发生过的举动和思想的回声，或者是将在未来屡屡重复的举动和思想的准确的预兆。经过无数面镜子的反照，事物的映像不会消失。任何事情不可能只发生一次，不可能令人惋惜地转瞬即逝。对于永生者来说，没有挽歌式的、庄严隆重的东西。荷马和我在丹吉尔[1]城门分手，我认为我们没有互相道别。

五

我走遍新的王国和帝国。一〇六六年秋季，我参加了斯坦福桥之役，我记不清自己是在哈罗德[2]还是在那个不幸的哈拉德·哈德拉达[3]的部下，哈罗德就在那一年战死，哈拉德占据了六英尺或者稍多一点的英国土地。伊斯兰教历

---

1 摩洛哥港口城市。
2 指英国国王哈罗德二世（Harold Godwinson, 1022—1066），1066年继位，1066年10月14日黑斯廷斯一役败于诺曼底公爵威廉，战死沙场。
3 Harald Hardrada（1015—1066），挪威国王，1046—1066年在位，1066年加入争夺英格兰王位的战争，战死于斯坦福桥。

七世纪时，我在布拉克城郊端端正正地誊写了水手辛伯达[1]的七次航行和青铜城市的故事，当时用什么文字写的我已忘记，那些字母也不认识了。在萨马尔坎达一所监狱的院子里，我老是下棋消遣。在比卡尼尔和波希米亚，我干占星的行当。一六三八年，我到了科洛茨瓦尔，然后又去莱比锡。一七一四年，我在阿伯丁订购了蒲柏翻译的六卷本《伊利亚特》，爱不释手。一七二九年，我和一位大概姓詹巴蒂斯塔的修辞学教授讨论那部史诗的起源，我觉得他的论点难以驳倒。一九二一年十月四日，我乘坐的驶往孟买的帕特那号轮船在红海一个港口停泊[2]。我下了船，想起了悠久岁月前也在红海之滨的早上的情景；当时我是罗马的执政官，热病、巫术和闲散耗损了士兵们。我在郊外看到一条清澈的河流；出于习惯，我尝了尝河水。爬上陡峭的河岸时，一棵多刺的树划破了我的手背。痛得异乎寻常。我悄悄地看伤口缓缓渗出一滴血，感到难以置信的幸福。我又成为普通人了，我重复说，我又和别人一样了。那天晚上，我一觉睡到第二天天明。

---

1 《一千零一夜》中的人物。
2 此处原稿有涂抹，也许是删去了港口的名字。——原编者注

……一年之后，我重新检查了这些底稿。我发现内容与事实相符，但是前面几章，以及其他几章的某些段落，有点虚假。这也许是由于滥用细节刻画的原因，我从诗人那里学来这种手法，以至于把什么都染上虚假的色彩，事实固然有许许多多细节，但是记忆里却不会有……尽管如此，我还是觉得自己发现了一个隐秘的原因。即使人们认为难以置信，我将写出来。

我叙说的故事看来不真实，原因在于故事里混杂了两个不同的人的事情。第一章里，骑手想知道底比斯城墙外的河流叫什么名字；弗拉米尼奥·鲁福先前给那个城市加了一个"百柱"的形容词，说河名叫埃及；这些话都不像是出自鲁福，而应出自荷马之口，荷马在《伊利亚特》里明确提到百柱之城底比斯，在《奥德赛》里借普罗特奥和尤利西斯之口总是把尼罗河叫作埃及河。第二章里，罗马人喝永生之河的水时，用希腊文说了一句话；这句话出自荷马笔下，在著名的船舶名单的结尾处可以找到。随后，在那座叫人眼花缭乱的宫殿里，鲁福谈到"近乎内疚的责怪"；这也是荷马的话，他设计了那个可怕的场景。这些异常现象使我感到不安，另一些属于美学范畴，使我有可能披露真实。最后一章可以看到，那上面说我参加了斯坦福桥战役，我在布拉克誊写了水手辛伯达的航行，我在阿伯丁订购了蒲柏译的英文版《伊利亚特》。此外还有："我在比卡尼尔和波希米亚干占星的行当。"这些自白一句不假，重要的是把它们突出了。第一句似乎很适合一个军人的身份，可是接着又说明讲故事的人不仅仅关心打仗，而更关心人们的命运。后面的话更奇特了。一个隐秘的基本原因使我不得不把它记载下来；我之所以这么做，是因为我知道它凄楚感人。它出自罗马人弗拉米尼奥·鲁福并不凄楚。出自荷马之口情况就不同了；稀罕的是荷马在十三世纪誊写另一个尤利西斯，也就是辛伯达的历险记，经过许多世纪之后，在一个北方王国看到用一种不开化的文字写他的《伊利亚特》。至于那段以比卡尼尔名义说的话，显然是一个渴望卖弄辞藻的文人（正如船舶清单的作者）杜撰的。[1]

---

[1] 阿根廷作家埃内斯托·萨瓦托认为同古董商卡塔菲勒斯讨论《伊利亚特》作者是谁的"詹巴蒂斯塔"是詹巴蒂斯塔·维柯；维柯坚信荷马是象征性人物，和普路托、阿喀琉斯相同。——原注

接近尾声时，记忆中的形象已经消失；只剩下了语句。毫不奇怪，漫长的时间混淆了我一度听到的话和象征那个陪伴了我许多世纪的人的命运的话。我曾是荷马；不久之后，我将像尤利西斯一样，谁也不是；不久之后，我将是众生：因为我将死去。

一九五〇年后记

前文发表后引起一些评论，其中最奇怪但并非最谦和的是一篇用《圣经》典故题名为《百色衣》的文章（曼彻斯特，一九四八年），出自内厄姆·科尔多韦罗博士执拗无比之笔。文章有百余页。提到了希腊和下拉丁语系国家的诗文摘编，提到了借用塞内加的片断评价同时代作家的本·琼森，提到亚历山大·罗斯的《维吉尔福音》、乔治·穆尔和艾略特的虚假，最后还提到那篇《伪托古董商约瑟夫·卡塔菲勒斯叙说的故事》。他指出第一章插进了普林尼的话（《自然史》，第五章第八节）；第二章有托马斯·德·昆西（《著作集》，第三卷第四百三十九页）；第三章有笛卡儿致比埃尔·夏努大使信里的话;第四章有萧伯纳(《回归梅杜塞拉》,第五幕)。他根据这些插入,或者剽窃,推论说整篇文章都是伪撰。

依我看,结论是不能接受的。卡塔菲勒斯写道:"接近尾声时,记忆中的形象已经消失;只剩下了语句。"语句,被取代和支离破碎的语句,别人的语句,是时间和世纪留下的可怜的施舍。

献给塞西莉亚·因赫涅罗斯

釜底游鱼

一个布宜诺斯艾利斯的郊区居民,一个除了好勇斗狠之外一无可取的无赖泼皮,投身巴西边境骑手纵横的荒漠,妄想成为走私贩子的头目,这种事情似乎注定是不可能的,我要向有此见解的人叙说本哈明·奥塔洛拉的遭遇:他出生在巴尔伐纳拉区,当地的人对他也许没有什么印象,他死于南里奥格兰德一带,饮弹毙命,咎由自取。我不了解他冒险经历的细节;以后如果有了新的材料,当再作修正和补充。这个概略目前也许有用。

一八九一年,本哈明·奥塔洛拉十九岁。他是个结实的小伙子,前额狭窄,浅色的眼睛显得很坦率,性格却像巴斯克人那样横暴;在一次斗殴中,他侥幸刺中对手,便认为自己是条好汉；对方的死亡迫使他必须立即逃出共和国，这一切都没有使他感到不安。本区的把头给了他一封介绍信，让他去找乌拉圭一个名叫阿塞韦多·班德拉的人。他上了船，一路颠连劳顿；第二天，他踯躅在蒙得维的亚街头，心情抑郁，自己也说不清所以然。他打听不到阿塞韦多·班德拉的下落；快到半夜时，他在作坊街一家杂货铺里喝闷酒，一帮赶牲口的人一言不合，争吵起来。明晃晃的刀子拔了出来；奥塔洛拉不知道哪一边有理，但是危险的乐趣吸引了他，正如纸牌赌博或音乐吸引别人那样。混战中，有个雇工握着匕首想偷袭一个戴深色帽子、披斗篷的人，被他挡住。这个人就是阿塞韦多·班德拉。（奥塔洛拉知道后撕掉了介绍信，因为他想以自己的功劳作为进身之阶。）阿塞韦多·班德拉尽管长得壮实，却使人错误地觉得他有些佝偻；他面目老是不舒展，糅合着犹太人、黑人和印第安人的特征；他的神态既像猿猴又像老虎；横贯他脸上的一道伤疤仿佛粗硬的黑胡子，添了一点装饰。

那次争吵本来就由烧酒引起，酒上了头闹一点误会，来得快去得也快。奥塔洛拉和赶牲口的人一起喝了酒，然后陪他们去胡闹了一番，最后日上三竿，一起回到老城一座破旧的大房子。在最深一进的院子里，那帮人把鞍鞯铺在泥地上，躺下就睡。奥塔洛拉暗自把那天晚上同前一晚相比；如今他交上一帮朋友，踏实多了。使他稍微感到不安的是自己居然不怀念布宜诺斯艾利斯。他一直睡到晚祷时分，先前那个喝得醉醺醺、想用匕首捅班德拉的雇工叫醒了他。（奥塔洛拉记起那人和大家一起胡闹作乐，班德拉让他坐在自己右边，不停地怂恿他喝。）那人对他说老板要找他。在一间面朝门厅的像是办公室的屋子里（奥塔洛拉从未见过带边门的门厅），阿塞韦多·班德拉和一个白皮肤、红头发、神情骄矜的女人在等他。班德拉夸了他几句，请他喝了一杯烧酒，说他是好样的，问他愿不愿意同大伙一起去北方赶一批牲口。奥塔洛拉接受了；天蒙蒙亮时上了路，直奔塔夸伦博。

于是奥塔洛拉开始了一种不同的生活，早晨是辽阔的原野，白天有马的气息。对他来说，那是崭新的、有时甚至是酷烈的生活，但他的血液里早已带有这种生活的倾向，因为正如别的民族崇拜和预感到海洋一样，我们（也是引进这种象征的人）向往在马蹄下发出回响的无边无际的平原。奥塔洛拉本来就在车把式和赶牛人集居的地区成长，不到一年已经成了高乔。他学会驯马，把牛群拢在一起，用套索套住牲口，甩出流星绊索绊倒牛只，还学会熬夜，顶住风暴、严寒和酷热，用口哨和呼喊催赶牛群。

在学习期间，他只见过阿塞韦多·班德拉一次，但一直念念不忘，因为能成为班德拉手下的人就能受到尊重和畏惧，因为高乔们都说在需要拿出男子汉气概的事情上，谁都比不上班德拉。有人认为班德拉出生在夸雷姆岛[1]以北的南里奥格兰德；这种说法听来好像是贬低班德拉，其实是夸他熟悉浓密的森林，沼泽地和无法进入的、几乎没有尽头的蛮荒地带。奥塔洛拉逐渐了解班德拉的买卖是多种多样的，主要是走私。赶牲口只是佣仆的工作，奥塔洛拉打算升为走私贩子。某晚，两个伙伴要越过边境运一些烧酒回来；奥塔洛拉故意向其中之一挑衅，伤了他，取而代之。激励他的是向上爬的野心和一种可疑的效忠感。他的想法是，我要让头头知道，他手下的乌拉圭人统统加起来还抵不上我一个。

---

[1] 乌拉圭和巴西边境河流中的岛屿。

又过了一年，奥塔洛拉才回到蒙得维的亚。那帮人在岸边和城里闲逛（奥塔洛拉觉得这个城市真大）；到了老板的房子；把鞍鞯铺在最深一进的院子里。过了好几天，奥塔洛拉还没有见到班德拉的面。伙伴们担心地说他病了，一个混血儿经常端了开水壶和马黛茶上楼去他的卧室。一天下午，吩咐奥塔洛拉干这件差事。他隐隐觉得受了屈辱，但也有点高兴。

卧室破旧幽暗。有一个朝西的阳台，一张长桌上乱七八糟地放着长鞭短鞭、腰带、闪亮的枪支和匕首，远处有一面镜子，玻璃已经模糊了。班德拉仰面躺着，他在睡眠中呻吟哼哼。这场病是最近在毒辣的阳光下过度曝晒引起的。铺着白床单的大床把他衬托得又小又黑，奥塔洛拉注意到他的白发、疲惫、懒散和岁月造成的损害。那老家伙居然统管着这许多人使他产生了逆反心理。他想只要一拳就能结果老头的性命。这时候，他从镜子里看到有人进来。是那个红头发的女人；她穿着内衣，光着脚，冷冷地打量着他。班德拉在床上半坐半躺；一面谈帮里的活动情况，喝马黛茶，一面用手指玩弄那女人的发辫。最后，他让奥塔洛拉离开。

几天后,他们奉命去北方,到了一个荒僻的庄园,在一望无际的平原上,任何庄园都是这般凄凉:周围没有添些凉意的树木和小溪,太阳从早到晚直勾勾地晒着。瘦得可怜的牛群关在石砌的牲口圈里。这个可怜的场所叫牵牛花庄园。

雇工们围坐聊天时,奥塔洛拉听说班德拉不久就要从蒙得维的亚来到。他问为什么;回答是有个外来的二把刀高乔野心勃勃,管得太宽了。奥塔洛拉知道这是一句玩笑话,但这个玩笑很可能成为现实,他听了心里很舒服。后来,他又听说班德拉得罪了一个政界要人,那人不再支持班德拉了。这个消息也使他高兴。

陆续运来一箱箱的长枪、女人房间里用的银水罐和银脸盆、精致的锦缎窗帘。一天早晨,山那边还来了一个阴沉的骑手,胡子浓密,披着斗篷。他名叫乌尔比亚诺·苏亚雷斯,是阿塞韦多·班德拉的保镖。他很少说话,带巴西口音。奥塔洛拉不清楚他的沉默寡言是出于敌意、蔑视,还是单纯的粗野。但他明白,为了实现他策划的阴谋,必须赢得这个人的好感。

一匹骍骝后来闯进了本哈明·奥塔洛拉的命运。那是阿塞韦多·班德拉从南方带来的骏马，毛色火红，黑鬃黑尾，镶银的马具精光锃亮，鞍鞯用虎皮镶边。这匹漂亮的坐骑是老板权威的象征，因此小伙子想占为己有，他甚至带着怨恨的欲望想占有那个头发红得发亮的女人。女人、马具和骅骝是他想望毁掉的那个男人的属性或者形容词。

故事到这里变得复杂深奥了。阿塞韦多·班德拉老奸巨猾，善于渐进地施加压力威胁，真话和玩笑交替使用，侮辱和他说话的人；奥塔洛拉决定用这种模棱两可的办法实现他的艰巨计划。他决心一步步地取代阿塞韦多·班德拉。在共患难的危险任务中，他赢得了苏亚雷斯的友谊。他透露了自己的计划，苏亚雷斯答应给予支持。此后发生了许多事情，我略有所闻。奥塔洛拉对班德拉不再唯命是从，他对班德拉的命令不是置之不理，就是更改，或者反其道而行之。大势所趋仿佛对他的阴谋有利，加速了事态的发展。一天中午，他们在塔夸伦博和里奥格兰德那边的人发生了枪战；奥塔洛拉篡夺了班德拉的地位，向乌拉圭人发号施令。他肩膀给一颗子弹穿过，但是那天下午奥塔洛拉骑着头头的枣红马回牵牛花庄园，那天下午他的血滴在虎皮鞍鞯上，那天晚上他同红头发的女人睡了觉。别的说法对事件的先后次序有所变动,并且否认是一天之内发生的。

尽管如此,班德拉一直是名义上的头目。他照旧发号施令,只是没有被执行;本哈明·奥塔洛拉出于习惯和怜悯没有碰他。

故事的最后一场是一八九四年除夕的骚乱。那一晚,牵牛花庄园的人吃新宰的羊,喝烈性烧酒。有人没完没了地用吉他弹米隆加曲调。奥塔洛拉坐在桌子上首,喝得醉醺醺的,不停地起哄耍笑;那个使人头晕目眩的巅峰是他不可抗拒的命运的象征。在大叫大嚷的人们中间,班德拉默不作声,等着喧闹的夜晚过去。午夜十二点的钟声响了,他像是记起该办什么事似的站起身。他站起身,轻轻敲那女人的房门。女人似乎在等召唤,立即开了门。她光着脚,衣服还没有穿整齐。老板拖腔拿调地吩咐她说:

"你同那个城里人既然这么相好,现在就当着大伙的面亲亲他。"

他还加了一个粗野的条件。女人想拒绝,但两个男人上前拽住她的手臂,把她按在奥塔洛拉身上。她哭得像泪人儿似的，吻了他的脸和胸膛。苏亚雷斯已经掏出手枪。奥塔洛拉临死前忽然明白：从第一天起，这帮人就出卖了他，把他判了死刑，让他得到女人、地位和胜利，因为他们把他当成死人一个，因为在班德拉眼里，他早就是釜底游鱼。

苏亚雷斯带着几近轻蔑的神情开了枪。

神　学　家

匈奴人夷平花园，践踏圣杯和祭坛，骑着马闯进修道院的藏书室，撕毁他们看不懂的书籍，骂骂咧咧地付之一炬，唯恐那些文字里隐藏着对他们的神——半月形的钢刀——的亵渎。他们焚烧羊皮纸和手抄本，但是火堆中央的灰烬里一本《上帝的公民》的第十二卷却安然无恙，书里说的是柏拉图在雅典讲学时宣称，许多世纪之后一切事物都会恢复原状，而他仍会在雅典面对同样的听众重新宣讲这一学说。那本没有烧毁的书受到特殊尊重，那个遥远的省份里一再阅读它的人却忘了作者之所以宣布这一学说只是为了更好地反驳它。一个世纪以后，阿基莱亚[1]的副主教奥雷利亚诺听说多瑙河畔有个最新的"单调"教派（也叫"环形"派）宣称历史是个圆圈,天下无新事,过去发生的一切将来还会发生。在山区,轮子和蛇已经取代了十字架。大家惴惴不安,但听说那位以一篇论上帝的第七属性的文章闻名的胡安·德·帕诺尼亚要出面驳斥如此可恶的异端邪说而感到宽慰。

这些消息,特别是后面一条,使奥雷利亚诺感到遗憾。他知道凡是神学方面的新鲜事物都要冒一定风险,随后又想,时间循环之说过于出格,过于耸人听闻,因而风险更大。(我们应该害怕的是那些可能和正统混淆的异端邪说。)然而,更使他痛心的是胡安·德·帕诺尼亚的干预——或者说侵犯。两年前,此人就以废话连篇的《论上帝的第七状态或永恒》篡夺了奥雷利亚诺专门研究的课题;如今,时间的问题仿佛也成了他的领域,他要出头来匡正那些环形派的论点,而他运用的也许是普罗库斯托[2]的论点,比蛇毒更可怕的解毒药……那天晚上,奥雷利亚诺翻阅了普鲁塔克有关中止神谕的古老的对话录;看到第二十九段有嘲笑斯多葛派的文字,那些禁欲主义者主张世界无限循环,有无限的太阳、月亮、

---

1 意大利古城,公元452年被匈奴国王阿蒂拉的入侵军队摧毁。
2 Procusto,古希腊阿蒂卡地区杀人越货的强盗。

太阳神阿波罗、月亮神狄安娜和海神波塞冬。他觉得这一发现是有利的预兆;决定抢在胡安·德·帕诺尼亚前面,驳斥轮子派的异端邪说。

有人追求女人的爱情,是为了把她抛在脑后,不再去想她;奥雷利亚诺的情况相似,他之所以要胜过胡安·德·帕诺尼亚是为了平息怨恨,而不是为了整帕诺尼亚。只要着手工作,进行演绎推理,发明一些辱骂的话,运用"否则"、"然而"、"绝对不"等词,就可以心平气和,忘掉怨恨。于是,他营造了大量盘根错节的句子,设置了重重插入句的障碍,粗枝大叶和语法错误似乎成了蔑视的形式。他把语音重复作为工具。他预料胡安会以先知般的庄严怒斥环形派;为了与胡安不同,他采用了嘲弄的方式。奥古斯丁曾经写道:耶稣是把不敬神的人从环形迷宫里引出来的一条笔直的路;奥雷利亚诺不厌其烦地把那些人比作伊克西翁[1],比作普罗米修斯不断长出又被鹰啄食的肝脏,比作西西弗斯,比作那个看到两个太阳的底比斯国王,比作说话结巴,比作鹦鹉学舌,

---

[1] Ixion,希腊神话中特萨利国王,被罚下地狱,缚在不停转动的火轮上。

比作镜子,比作回声,比作拉磨的骡子,比作长着两个角的三段论法。(异教的讽嘲对象仍然存在,不过降为装饰品罢了。)如同一切拥有藏书的人那样,奥雷利亚诺觉得不把所有的书看完总有点内疚;这场论战让他看了许多似乎在责怪他疏忽的书籍。于是,他琢磨了奥利金[1]的作品《论原理》中的一段话,其中否定了加略人犹大会再出卖主耶稣,否定保罗会在耶路撒冷观看司提反的殉道,还琢磨了西塞罗写的关于柏拉图学说的绪论,其中嘲笑了那些梦见西塞罗和罗马大将卢库洛谈话时,无数别的卢库洛和别的西塞罗在无数一模一样的别的世界里说着完全相同的话。此外,他搬出普鲁塔克的话来攻击单调派,说那种认为自然之光对于偶像崇拜者比上帝的话更有价值的论点,令人无法容忍。他埋头看了九天,第十天,有人给他送来一份胡安·德·帕诺尼亚批驳文章的抄本。

文章短得几乎可笑,奥雷利亚诺轻蔑地看看,随后却害怕了。第一部分诠释了《希伯来书》第九章最后的经段,其

---

[1] Origen(约185—254),又译俄利根,生于埃及亚历山大城的神学家、《圣经》诠释家,诠释《圣经》时过多运用比喻,难免陷入异端。

中说耶稣从创世以来并未多次受苦，但如今在这末世显现一次，把自己献为祭，好除掉罪。第二部分援引了《圣经》中不可效法外邦人用许多重复的话祷告的训诫（《马太福音》，第六章第七节），以及普林尼著作第七卷里认为漫长的宇宙中没有两张相同的脸的那段话。胡安·德·帕诺尼亚宣称漫长的宇宙中也没有两个相同的灵魂，最卑鄙的罪人和耶稣为他付出的鲜血一样宝贵。帕诺尼亚断言一个人的作为比九重天加在一起还重，误信这种作为消失后会重新出现显然过于轻率。时间不能使失去的再生，只能在永恒中享受天国的荣耀或者遭受地狱之火的煎熬。那篇文章清晰全面，不像是出自一个具体的人之手，而是由任何一个人或者所有的人撰写的。

奥雷利亚诺感到一种几乎是肉体的屈辱。他想销毁或者重写自己的文章，随后又带着不服气的诚实心态，一字不改地寄到罗马。几个月后，召开贝尔加莫教务会议时，负责批判单调派错误的神学家却是胡安·德·帕诺尼亚（那也在意料之中）；他引经据典而有分寸的批判足以导致异端头子欧福博被判火刑处死。欧福博说："这种事以前发生过，以后还会发生。你们燃起的不是一堆火，而是一座火的迷宫。如果你们把我这样的人统统处以火刑,地球上容纳不下这许多火堆,火光烛天,会刺得天使们睁不开眼睛。"接着他叫嚷起来,因为火焰烧到了他身上。

轮子在十字架前面倒下了[1],但是奥雷利亚诺和胡安的隐蔽争斗仍在进行。两人身在同一阵营,希望得到同样的奖赏,向同一个敌人开战,但是奥雷利亚诺写的每一个字都含有胜过胡安的不可告人的目的。他们的斗争是无形的。如果那些大量的索引翔实可靠,米涅[2]的《教父著作全集》所收的奥雷利亚诺的许多卷帙一次也没有提到另一人的姓名。(至于胡安的著作,只留下二十个字。)他们两人都不赞成君士坦丁堡第二次教务会议决定的谴责;两人都打击那些否认圣子天生的阿里乌[3]派;两人都证实科斯马斯[4]的《基督教地形学》的正统性,那本书声称地球和希伯来人的约柜一样是方形的。不幸的是,由于地球出了四个角,异端邪说又泛滥成灾。它起

---

1 古代北欧的十字架上,这两种敌对的标志交织共存。——原注
2 Jacques-Paul Migne (1800—1857),法国天主教教士、神学家和出版商。
3 Arius (250—336),又译亚流或亚略,早期基督教人士,曾任埃及亚历山大港教会长老,以他为首的派别反对基督教的三位一体教义,被斥为异端。
4 Cosmas,约公元6世纪埃及亚历山大商人、旅行家和神学家。

源于埃及或亚洲（证词不一致，布塞特不愿接受哈纳克的道理），蔓延到东方各省，马其顿、迦太基和特里尔都盖起了庙宇。仿佛到处都一样；据说不列颠教区里的十字架颠倒了过来，塞萨勒亚的主耶稣像已为镜子所取代。镜子和古希腊银币成了新分裂派的标志。

历史上，他们有许多名称（镜子派、深渊派、该隐派），但最为人知的是演员派，这是奥雷利亚诺给他们起的名称，他们大胆地采用了。在弗里吉亚和达达尼亚，他们被称作表象派。胡安·达马斯森诺管他们叫作形式派，那段话遭到厄斐奥德的驳斥也就不难明白了。研究异端邪说的学者们提到他们骇人听闻的风俗习惯时无不目瞪口呆。许多演员派奉行禁欲主义；有一些，例如奥里赫内斯，把自己弄成伤残；另一些在地下阴沟里栖身；还有的自己剜掉眼珠；再有一些（尼特里亚的纳布科多诺索派）"像牛一样吃草，头发长得像鹰的羽毛"。他们往往从禁欲苦行走向犯罪；某些团体容忍偷盗；另一些容忍谋杀；还有的容忍鸡奸、乱伦和兽奸。这些团体都是不敬神的；非但诋毁基督教的上帝，而且诋毁他们自己神殿里秘密的神祇。他们阴谋策划了一些圣书，如今都已泯灭，使博学之士深为惋惜。托马斯·布朗爵士在一六八五年前后写道："时间磨灭了野心勃勃的演员派的福音，但没有磨灭抨击他们不敬神的辱骂。"厄斐奥德认为那些"辱骂"（保存在一本希腊手抄古籍里）正是那些泯灭的福音。假如我们不知道演员派的宇宙观，就很难理解这一点。

赫尔墨斯派深奥的书里说，下面的事物和上面的一样，上面的事物和下面的一样；索哈尔说，底层世界是上层世界的反映。演员派歪曲这个概念，作为他们学说的基础。他们援引了《马太福音》第六章第十二节（"免我们的债，如同我们免了人的债"）和第十一章第十二节（"天国是努力进入的"）以便说明地下能影响天上，又援引了《哥林多前书》第十三章第十二节（"我们如今仿佛对着镜子观看，模糊不清"）以便说明我们看到的一切全是虚假的。他们也许受到单调派的感染，以为所有的人都是两个组成，真人则是在天上的另一个。他们还以为我们的行为投下颠倒的映像，我们清醒时，另一个在睡觉；我们淫乱时，另一个保持贞洁；我们偷盗时，另一个在慷慨施舍。我们死去后，就和另一个合而为一，成了他。(那种教义的某些余音还保留在布洛瓦的作品里。)别的演员派认为,数字组合的可能性全部枯竭之时,世界也就结束了;既然没有重复的可能,正直的人应该消除(做出)最卑鄙的行为,不让它们玷污未来,从而加速耶稣王国的降临。那篇文章遭到别的教派反对,他们认为世界历史应该在每一个人身上得到完成。极大多数,例如毕达哥拉斯,必须经过多次肉身轮回才能得到灵魂的解脱;另一些多变派"在仅有的一次生命中成为狮子、龙、野猪、水、树"。德莫斯特尼斯提到,俄耳甫斯神秘主义派的新门徒必须举行投身淤泥得到净化的仪式;多变派的情况相似,从罪恶中寻求净化。他们,例如卡波克拉底斯,懂得任何人"若有半文钱没有还清,你断不能从那里出来"(《路加福音》,第十二章第五十九节),他们常常引用另一经段来蒙骗悔罪的人:"我来了,是要叫人得生命,并且得的更丰盛"(《约翰福音》,第十章第十节)。他们还说不做坏人是魔鬼的狂妄……演员派编造了形形式式的神话;有的宣扬禁欲主义,有的宣扬放荡,总的是制造混乱。贝雷尼斯的演员派特奥庞波否定了这些神话,他说每个人都是神为了感知世界而设计的一个器官。

奥雷利亚诺教区里的异端分子是那些断言时间不能容忍重复的人，而不是那些断言一切行为都在天上有所反映的人。这种情况比较罕见，在递交罗马当局的一份报告里，奥雷利亚诺也提到了这点。接到报告的大主教是皇后的忏悔神甫，谁都清楚这种苛求的职务不容他享受思辨神学的乐趣。他的秘书——以前是胡安·德·帕诺尼亚的合作者，现在已与之反目——在裁判异端邪说方面素有一丝不苟的名声；奥雷利亚诺加上一段有关演员派异端的陈述，如同赫努亚和阿基莱亚秘密集会上的发言那样。他写了几段话；正要涉及世上并无两个相同的瞬间的要害论点时，他的笔停住了。他找不到必要的措辞；如果把新学说的告诫（"你想看人眼没有看过的东西吗？看看月亮吧。你想听人耳没有听过的东西吗？听听鸟叫吧。你想摸摸人手没有摸过的东西吗？摸摸土地吧。我实际说的是上帝正要创造世界"）照抄下来，未免过于做作，隐喻也太多。他突然想起一段二十个字的话，便兴冲冲地写了下来；随即又有些不安，觉得像是别人的话。第二天，他记起多年前在胡安·德·帕诺尼亚写的《驳斥环形派》的文章里见过。他核对了原文，一点不错。他犹豫不决。更改或者删除那段话，会削弱陈述的力量；保留那段话，是剽窃他所憎恶的人的文章；说明出处，等于是检举。他祈求神助。次日拂晓，他的守护天使指点他一个折衷办法。奥雷利亚诺保留了那段话，但加了一个说明："异端分子为了搅乱信仰而信口雌黄，下面一段话是本世纪一位有大学问的人说的，此人有哗众取宠之心，无引咎自责之意。"后来，担心的、期待的、不可避免的事终于发生了。奥雷利亚诺不得不说出那个人是谁，胡安·德·帕诺尼亚被指控散布异端言论。

四个月后，阿文蒂诺的一个铁匠由于受到演员派的欺骗而产生幻觉，用一个大铁球镇住他小儿子的肩膀，好让儿子的灵魂飞升。孩子丧了命，这桩骇人听闻的罪行促使审理胡安的法官们采取无可非议的严厉态度。胡安不想承认错误，一再重复说，否定他的命题就是附和单调派的有危害的异端邪说。他不明白（也不想明白）如今谈单调派就是谈早已被遗忘的东西。他带着近乎老年性的固执大量引用自己旧时论争文章里最精彩的句子，法官们根本听不进那些一度使他们心醉神迷的话。他非但不试图洗刷自己的演员派错误思想，反而竭力表明他遭到指控的命题绝对正统。他的命运取决于那些法官的判决，他却同他们争辩起来，并且把他们讥刺了一番，干下了最大的蠢事。经过三天三夜的讨论，法官们在十月二十六日判他火刑处死。

执行死刑时，奥雷利亚诺在场，因为不这么做等于承认自己有罪。行刑地点是一个小山头，青翠的山顶深深打进一根桩子，周围堆放了许多柴束。监官念了法庭的判决书。在中午十二点钟的阳光下，胡安·德·帕诺尼亚脸冲下扑倒在地，像野兽似的吼叫。他用手指紧紧抠住土地，但是刽子手把他拖起来，撕掉衣服，绑在耻辱柱上。他头上给戴了一个涂满硫磺的草冠，身边放了一本流毒甚广的《驳斥环形派》。前天夜里下过雨，火烧不旺。胡安·德·帕诺尼亚先用希腊语祷告，后来又用一种听不懂的语言。火焰快要吞没他时，奥雷利亚诺才敢抬眼。炽热的火苗停顿一下，奥雷利亚诺第一次也是最后一次看到了他所憎恨的人的脸。他想起那是某人的脸，但记不清究竟是谁的。接着，火焰吞没了那张脸；后来只听得叫喊，仿佛一团叫喊的火。

普鲁塔克曾提到朱利乌斯·恺撒为庞培之死而痛哭；奥雷利亚诺并没有为胡安之死而痛哭，但他觉得像是一个治好了不治之症的人那样茫然若有所失，因为那不治之症已成为他生命的一部分。他在阿基莱亚、以弗所、马其顿过了几年。他在帝国蛮荒的边陲、艰难的沼泽、沉思的沙漠里漫游，希望孤寂能帮助他领悟他的命运。他在毛里塔尼亚的禅房里，在狮子出没的夜晚，反复思考对胡安·德·帕诺尼亚的复杂的指控，无数次地为判决辩解。但他无法为他莫须有的指控辩解。他在鲁塞迪尔作了一次有时代错乱的说教，题目是《一个被打入地狱的人身上燃起了光中之光》。在希伯尔尼亚一座丛林环抱的寺庙茅屋里，一天破晓时分，他突然被雨声惊醒。他想起以前在罗马的一夜也曾被同样的潺潺雨声惊醒。中午一道闪电燃着了周围的树木，奥雷利亚诺像胡安那样丧了命。

故事的结局只在隐喻里才能找到，因为背景已经转换到没有时间概念的天国。也许只要说奥雷利亚诺同上帝谈话，上帝对宗教分歧丝毫不感兴趣，以致把他当成了胡安·德·帕诺尼亚。那件事也许暗示神的思想有点混乱。更正确地说，在天国里，奥雷利亚诺知道对于深不可测的神来说，他和胡安·德·帕诺尼亚（正统和异端，憎恨者和被憎恨者，告发者和受害者）构成了同一个人。

武士和女俘的故事

《诗歌集》(巴里出版社,一九四二年)一书第二百七十八页上,克罗齐[1]简化了历史学家"助祭"巴勃罗[2]用拉丁文写的一篇文字,叙述了德罗图夫特的命运,并提到了他的墓志铭;这些文字使我特别感动,后来我明白了其中原因。德罗图夫特是个伦巴第武士,围攻拉文纳[3]时,他抛弃了原先的战友们,在保卫他曾经攻打的城市时阵亡。拉文纳人把他埋葬在一座庙宇里,树了碑,在墓志铭里表达他们的感激之情("他虽然抛弃了亲人,我们仍对他爱敬")以及他们对那个野蛮人凶恶的外表和憨厚善良的内心反差的印象:

虎背熊腰,虬髯拳曲,

容貌吓人，却有仁慈的心！⁴

　　这就是为保卫罗马而死的野蛮人德罗图夫特的命运的故事，或者是"助祭"巴勃罗所能查考到的有关他生平的断简残篇。我甚至不知道故事发生的时间：究竟是六世纪中叶伦巴族人横扫意大利平原之时，还是八世纪拉文纳投降之前。我们不妨把时间定在六世纪中叶（因为本文毕竟不是历史记载）。

　　让我们想象一下德罗图夫特永恒的形象，不是作为个人的德罗图夫特，因为作为个人，他无疑是独一无二且深不可测的，而是想象传统根据他和许多像他一样的人塑造出来的普遍典型，传统是遗忘和记忆的产物。战争使他从多瑙河和易北河畔穿过蛮荒的丛林和沼泽来到意大利，他可能不知道自己会来到南方，也不知道会同罗马人打仗。也许他信奉

1　Benedetto Croce（1866—1952），意大利哲学家、美学家，著有《美学要素》、《精神哲学》等。
2　Pablo（约720—799），伦巴第历史学家。
3　意大利北部城市。
4　吉本《罗马帝国衰亡史》第四十五章也引用了这两行诗。——原注

的是主张圣子的荣耀反映了圣父荣耀的阿里派,但是更合适的是把他想象成崇拜大地之母赫莎的信徒。赫莎的蒙面偶像供在大车上,由母牛、战神或者雷神像拉着从一座茅屋到另一座茅屋,那些偶像是粗糙的木雕,用手织布裹着,缀有许多钱币和镯子。他来自野猪和野牛都难以进入的莽林;他白皮肤,勇敢而淳朴,忠于他的首领和部族,但不忠于宇宙。战争把他带到拉文纳,他在这里看到了从未见过的东西,或者没有充分看到的东西。他看到了白天,意大利柏树和大理石。他看到了多种多样但不混乱的整体;看到一个城市,一个由塑像、庙宇、花园、住房、台阶、瓶状饰、柱头、整齐而开阔的空间所组成的整体。但是那些建筑物都没有给他以瑰丽的印象(我了解这一点);他当时的感受就像我们今天看到一台复杂的机器一样,我们不了解机器的用途,但从它的设计中看到了不同凡响的智慧。也许他只要看到一座上面镌有难以理解的永恒的罗马文字的拱门就会有那种感受。突然间,城市的启示使他眼花缭乱,得到了新生。他知道他在城市里会像一条狗,或者一个孩子,根本不会理解它,但他也知道它的重要性超过他崇拜的神和信仰,以及日耳曼所有的沼泽地。德罗图夫特便抛弃了他的战友，倒戈为拉文纳战斗。他丧了命，墓碑上刻着他看不懂的文字：

> 他虽然抛弃了亲人，我们仍对他爱敬，
> 拉文纳家乡将把他永远铭记。

他不是叛徒（叛徒不会博得如此虔敬的墓志铭）；他得到天启，皈依了正教。几代人过去了，指责他改换门庭的伦巴族人像他一样行事，成了意大利的伦巴第人，他家族的某个人——阿尔迪吉尔——的后代也许繁衍了阿尔吉耶里族的但丁……德罗图夫特的行动引起许多猜测；我的猜测是最简单的；如果不像事实那么真实，至少很有象征意义。

我在克罗齐的书里看到的武士的故事使我异常激动，觉得重新找到了我的某些想法，只是形式不同。我飞快地想到那些蒙古骑手，他们要把中国沦为无边无际的牧场，却在他们渴望摧毁的城市里老去；但这不是我寻找的回忆。后来我找到了，是我从已经去世的英国籍祖母那里听来的故事。

一八七二年，我的祖父博尔赫斯在布宜诺斯艾利斯西北和圣菲边境担任司令。司令部设在胡宁,西面是由一座座相隔四五里格[1]的小堡垒组成的边防带,再远去便是当时称作潘帕斯草原的内地。有一次,我的祖母带着惊异而自嘲的口吻说,作为英国妇女,她竟然流落到世界的这个尽头;在场的人说她并不是唯一的英国女人,几个月后,人们把一个慢慢穿过广场的印第安女人指点给她看。那个女人披着两条红色的斗篷,光着脚,金黄色的头发从中间分梳。一个士兵上前对她说,有另一个英国女人想同她谈谈。那女人同意了,毫不畏惧但不无疑虑地走进了司令部。她古铜色的脸上涂着一道道可怕的颜料,眼睛却是英国人称之为浅灰的蓝色。她的身体像鹿一样轻捷,双手瘦而有力。她来自内地的荒漠,在她看来这里的一切——门、墙、家具——都显得很小。

两个女人一下子觉得像姊妹那般亲近,她们远离自己亲爱的岛国,来到这个难以置信的地方。我的祖母提了一些问题,对方艰难地回答,说话时寻找字眼,一再重复,仿佛尝到了旧时吃过的东西那么惊奇。她十五年来没有说过母语,

---

1 西班牙语国家常用长度单位,1 里格合 5572.7 米。

一时很难恢复。她说她是约克郡人，父母移居布宜诺斯艾利斯，有一次土著人突然袭击时双双身亡，她被印第安人掳走，如今是一个酋长的妻子，已经为他生了两个孩子，酋长很勇敢。她讲的是粗鄙的英语，夹杂了阿劳科或者潘帕斯的土语，从她的话里可以依稀看到艰难异常的生活：用马革缝制的帐篷，烧的是干马粪，吃的是烟熏火燎的兽肉和生内脏。拂晓时悄悄行进；裸身的骑手袭击牲口圈，尖叫怪嚷，战斗，掳掠庄园的牲口，一夫多妻，乌烟瘴气，巫术。一个英国女子竟然沦落到这种野蛮的环境。出于怜悯和吃惊，我的祖母劝她不要回去了，并且发誓要保护她，赎回她的孩子。对方说她很幸福，当晚就返回荒漠。过了不久，弗朗西斯科·博尔赫斯死于一八七四年的革命；那时，我的祖母或许在另一个也被这片毫不容情的大陆挟持和改变了的女人身上看到自己命运的可怕的反影……

以前，那个金黄色头发的印第安女人每年都要到胡宁或者拉瓦列堡垒的杂货铺去买些零碎东西和烟酒；自从同我祖母谈话以后，再也不来了。然而，她们还是照了一次面。我祖母去打猎；低洼地附近的一座茅屋里，有个男人在宰羊。

仿佛在梦中似的，那个印第安女人骑马经过。她翻身下马，伏在地上喝那还是热的羊血。我不知道她之所以这样做是因为没有别的办法，还是故意斗气的表示。

女俘的遭遇和德罗图夫特的遭遇，两者时间相隔一千三百年，空间相隔一个大洋。如今两个人都不在人世。那个献身保卫拉文纳的野蛮人的形象和那个选择荒漠、终老他乡的欧洲女人的形象看来似乎格格不入。然而，两人都为一种隐秘的激情，一种比理智更深沉的激情所驱使，两人都顺从了他们无法解释的那种激情。我讲的两个故事也许只是一个故事。对于上帝来说，这枚钱币的正反面是一模一样的。

献给乌尔里克·冯·屈尔曼

塔德奥·伊西多罗·克鲁斯小传

（1829—1874）

我寻找自己的真实面貌，

世界形成之前它已形成。

叶芝：《扭曲的星》

一八二九年二月六日，遭受拉瓦列[1]穷追猛打的起义军撤离了南方，打算去投奔洛佩斯[2]的部队。离开佩尔加米诺[3]还有三四里格时，他们在一座不知名的庄园停歇；拂晓时分，有一个人做了可怕的噩梦，他狂呼乱叫，惊醒了幽暗的棚屋里同他一起睡觉的女人。谁都不知道他梦到了什么，可是次日四点钟，苏亚雷斯[4]的骑兵打垮了起义军，一口气追了九里格，直到阴森森的针茅地，做噩梦的男人被一把经历过秘鲁和巴西战争的马刀劈破脑袋，死于沟壑。那个女人名叫伊西多拉·克鲁斯，她后来生的儿子便取名塔德奥·伊西多罗。

我的目的不是复述他的历史。在组成他一生的日日夜夜中，只有一个夜晚使我感兴趣；除了有助于说明那一夜而非谈不可的事情以外，别的我就不谈了。他的事迹已经载入一部皇皇名著[5]；也就是说，一部包罗万象、适合于所有人的书（《哥林多前书》，第九章第二十二节[6]），因为它的内容经得起几乎无穷无尽的重复、解释或歪曲。不少人评论塔德奥·伊西多罗的经历，总是突出平原对他性格形成的影响，然而像他那样的高乔人也有在巴拉那河畔的莽林和东部绵亘的高原上度过一

1　Juan Lavalle（1797—1841），阿根廷将军，曾在圣马丁麾下在智利和秘鲁作战，1828年任布宜诺斯艾利斯省省长。他维护中央集权，与联邦主义的罗萨斯（Juan Manuel de Rosas，1793—1877）作战，被打败。
2　Estanislao López（1786—1838），阿根廷军人，曾任圣菲省省长，支持联邦主义，与罗萨斯结盟。
3　阿根廷布宜诺斯艾利斯省巴拉那河畔城市。
4　Joaquín Suárez（1781—1868），乌拉圭独立运动领袖，后任蒙得维的亚共和国临时总统。
5　指阿根廷诗人埃尔南德斯（José Hernández，1834—1886）的长诗《高乔人马丁·菲耶罗》及其续篇《马丁·菲耶罗的归来》，统称《马丁·菲耶罗》。
6　《圣经·新约·哥林多前书》第九章第二十二节的大意是：在软弱的人面前，我将像他们一样软弱，以便争取他们；在任何人面前，我将像任何人一样，以便用各种方法拯救他们之中的一部分人。

生的。他确实生活在一个单调的蛮荒世界。他在一八七四年死于出血性天花之前,从没有见过山、汽灯或者作坊,也没有见过城市的模样。一八四九年,他随同弗朗西斯科·哈维尔·阿塞韦多商号一批赶牲口的伙计去布宜诺斯艾利斯;别人都进城倾囊作乐;克鲁斯却顾虑重重,待在牲口圈附近的小客栈里,寸步不离。他待了好多天,沉默寡言,席地而卧,喝喝马黛茶,天一亮就起身,晚祷时入睡。他知道城市与他毫不相干,这种想法既非言传,更非意会。有个雇工喝得醉醺醺的,拿他来开玩笑。克鲁斯没有回嘴,但是在回去的路上,晚上大家围着篝火,那人还没完没了地取笑他。在这以前,克鲁斯没有怨恨,甚至没有不快的表示,那时候却一匕首把他捅翻在地。克鲁斯只得逃亡,在一片沼泽地里藏身。几天之后的一个晚上,察哈鸟的惊叫使他明白警察已经包围了他。他抽刀在树枝上试试是否锋利,然后解掉靴子上的马刺,免得徒步格斗时碍脚。他宁愿拼搏,不愿束手就缚。他前臂、肩膀和左手多处受伤,但也重创了那帮警察当中最勇敢的人。伤口流出的血顺着他手指直淌,但他愈战愈勇;向明时,他失血过多,头晕目眩,被缴了械。那些年里,当兵是惩罚罪犯的一种方式:

克鲁斯被充军到北部边境的一个小城堡。他以兵士身份参加了内战;有时候为保卫自己的家乡而战,有时候又站在敌对一面。一八五六年一月二十三日,军士长欧塞比奥·拉普里达率领三十名白人士兵在卡尔多索潟湖地区同两百个印第安人打了一仗。克鲁斯是三十人之一,战斗中受了矛伤。

在他英勇然而默默无闻的经历中有许多空白。一八六八年前后,我们听说他又在佩尔加米诺:已经结婚或者有个女人同居,生了一个儿子,买了一小块地。一八六九年,他被任命为乡间警察巡官。他已经弃旧图新;那一时期,他也许觉得很幸福,尽管内心深处并不如此。(一个至关紧要、光彩夺目的夜晚在冥冥中等着他;那一晚他终于看清了自己的面貌,听到了自己的名字。当然,那一晚断送了他的前程;说得更确切些,不是一晚,而是那晚的一个片刻、一个行动,因为行动是我们的象征。)任何命运,不论如何漫长复杂,实际上只反映于一个瞬间:人们大彻大悟自己究竟是谁的瞬间。据说马其顿的亚历山大[1]从阿喀琉斯的神话故事里看到自己辉

---

[1] Alexander(前356—前323),指亚历山大大帝,马其顿国王亚历山大三世,曾征服希腊、埃及、波斯和巴比伦古国,威震亚非二洲。

煌战功的反映,瑞典的卡尔十二世[1]则在亚历山大的事迹里看到他自己战功的反映。塔德奥·伊西多罗·克鲁斯不识字,当然不是从书本上获得这个知识,他是在一场混战和一个人身上看清自己的。事情经过是这样的:

一八七〇年六月底,他奉命追捕一个害了两条人命的坏人。逃犯原是贝尼托·马查多上校指挥的南方边境部队的一名逃兵;一次酗酒闹事中在妓院里杀了一个混血儿;另一次杀了罗哈斯区的一个居民;缉捕令还说明那人来自红潟湖。四十年前,起义军就在那个地方结集举事,结果委尸荒野,供鹰犬撕食;曼努埃尔·梅萨也来自那个地方,后来在胜利广场上被处决,鼓声雷动,以淹没他愤怒的呼喊;生下克鲁斯的那个陌生人也来自红潟湖,后来被一把经历过秘鲁和巴西战争的马刀劈破脑袋,死于沟壑。克鲁斯已经忘了那个地方的名字;如今他隐约感到一种难以解释的躁动,又认出了它……遭到士兵追逐的罪犯骑着马来回长途奔突,迷人耳目;

---

[1] Charles XII (1682—1718),瑞典国王,穷兵黩武,1700 年远征哥本哈根,打败丹麦,1703 年在纳尔瓦打败俄罗斯,在基索夫打败波兰,后为彼得大帝所败,1709 年逃亡土耳其。

但是七月十二日晚上还是被包围了。他藏匿在一片针茅地里。四周黢黑,伸手不见五指;克鲁斯和他手下的人下了马,蹑手蹑脚向灌木丛逼近,在黑影幢幢的深处,逃犯也许在睡觉,也许埋伏着准备袭击。一只察哈鸟叫了起来,塔德奥·伊西多罗·克鲁斯觉得他早已经历过这种情景。逃犯从藏身之处出来拼命。克鲁斯影影绰绰看到他那副吓人的模样,一头长发和灰色的胡子几乎把脸完全遮住。由于明显的原因,我不再描述那次搏斗[1]。我只消说克鲁斯手下好几个人被逃犯刺成重伤或者杀死。克鲁斯在黑暗中搏斗(他的身体在黑暗中搏斗)时,他心里开始明白过来。他明白命运没有好坏之分,但是人们应该遵照内心的呼唤行事。他明白臂章和制服如今对他已是束缚。他明白自己的本性应是独来独往的狼,而不是合群的狗;他明白对方就是他自己。恣肆狂放的平原上天色已亮,克鲁斯把军帽扔到地上,大喊着说他决不允许以众敌寡,杀掉一个勇敢的人,他转身和逃兵马丁·菲耶罗一起,同士兵们打了起来。

---

[1] 长诗《马丁·菲耶罗》中对这次搏斗已有详细描述。——原注

埃玛·宗兹

一九二二年一月十四日，埃玛·宗兹从塔布赫-洛文泰尔纺织厂放工回家，发现门厅地上有封信，是从巴西寄来的，她当即想到大概她父亲已经不在人世了。乍一看，邮票和信封都不熟悉，陌生的字体更使她忐忑不安。一页信纸上潦潦草草写了十来行大字；说是梅尔先生误服了过量的安眠药，本月三日在巴吉医院去世。写信通知她的是里奥格兰德的一个姓费因或者法因的人，和她父亲同住一个房间，但并不知道收信人是死者的女儿。

信纸从埃玛手里掉了下来。她最初的反应是胃难受，两腿发软；随后有一种模糊的内疚和不真实感，她身上发凉，心里发憷；接着的想法是希望这一天赶快过去。可是她明白这种想法是没有用的，因为普天之下她父亲的死是她唯一关心的大事，现在如此，以后也是如此。她捡起信，走进自己的房间。她偷偷地把信藏在抽屉里，仿佛已经知道以后将要发生的事。这件事她也许已经隐隐约约地看到了，她已经拿定了主意。

天色黑了下来，那天埃玛没干别的，一直为曼纽尔·梅尔的自杀吞声饮泣。在过去幸福的日子里，曼纽尔·梅尔不用现在这个名字，他叫伊曼纽尔·宗兹。埃玛想起以前在瓜勒圭街[1]附近一个别墅里避暑的情景，想起（说得更确切一些是试图回忆）她母亲的模样，想起他们在拉努斯[2]被强制拍卖掉的小住宅，想起一扇窗上的菱形黄色玻璃，想起判刑书、羞辱，想起那些把报上"出纳盗用公款"的消息剪下寄来的匿名信，想起（这件事她永远不会忘记）最后一晚她父亲赌咒发誓地说盗用公款的是洛文泰尔。洛文泰尔，艾伦·洛文泰尔，以前是工厂的经理，现在是老板之一。这个秘密埃玛从一九一六年起保守到现在，对谁都没有说过，连她最好的

---

[1] 布宜诺斯艾利斯一东西走向街道，位于该市南部。
[2] 布宜诺斯艾利斯南郊城镇。

朋友埃尔莎·厄斯坦都不知道。也许她认为说出来也没人相信，何必自找没趣，也许认为这个秘密是她同远在异乡的父亲之间的一条纽带。洛文泰尔不了解她知道这个秘密。这件事并没有什么了不起，可是埃玛·宗兹却从中得到一种强者的感觉。

埃玛当晚没有睡着，长方形的窗口露出熹微晨光的时候，她计划的每一个细节都已考虑成熟。那天的时间长得仿佛没完没了，但她做得同平日毫无二致。厂里传说要罢工，埃玛还是一贯的态度，表示反对一切暴力行动。六点下班，她和埃尔莎到一个有健身房和游泳池的妇女俱乐部去。她们登记加入，埃玛自报姓名时重说了一遍，把字母一个个地拼出来；核对时，人家在她罕见的姓上开了一些庸俗的玩笑，她敷衍了两句。她同埃尔莎和克朗夫斯姐妹中最小的一个讨论星期天下午去哪家电影院。话题又转到了男朋友，谁也不指望埃玛在这个问题上会插嘴搭话。四月份她就满十九岁了，但是男人们仍旧使她产生一种几乎是病态的恐惧心理……回家后，她做了一个木薯淀粉汤和一些蔬菜，早早地吃了晚饭，上床便睡。事件发生的前一天，十五日，星期五，就这样忙忙碌碌、平平淡淡地过去了。

星期六,她急躁地醒来。是急躁,不是不安。还有一种终于等到了那一天,松了一口气的奇特的感觉。她不需要策划想象了,再过几小时就可以直截了当地采取行动。她在《新闻报》上看到,从瑞典马尔默来的北极星号轮船今晚在三号码头启碇。她打电话给洛文泰尔,暗示说她有一些关于罢工的消息想告诉他,不能让别的工人知道,答应傍晚去办公室找他。她说话声音颤抖,很符合告密者的身份。那天上午没有什么别的事值得一提。埃玛工作到十二点,跟埃尔莎和帕尔拉·克朗夫斯谈妥了星期天上街的安排。午饭后她躺在床上,合着眼,把已经安排好的计划重温一遍。她认为计划的最后阶段没有第一阶段那么可怕,她一定能尝到胜利和伸张正义的乐趣。突然间,她惊慌地从床上起来,跑到五斗柜前,拉开抽屉。法因的信在米尔顿·西尔斯[1]的照片下面,是她前天晚上藏起来的。肯定不会有人发现,她又看了一遍,然后把它撕了。

---

[1] Milton Sills(1882—1930),美国演员,曾主演《沉默的情人》、《天涯海角》、《爱情与魔鬼》等数十部影片。

如实叙述那天下午的事情相当困难,并且也许是不合适的。地狱的属性之一在于它的不真实,这一属性使它的可怖似乎有所减轻,但也可能加强。一件连当事人几乎都不相信自己会干出来的事情,怎么能使别人信以为真呢?埃玛·宗兹如今不愿回忆的、当时混淆不清的短暂的紊乱,怎么能讲得条理分明?埃玛住在阿尔马格罗区[1]里尼埃街,我们只知道那天下午她到港口去过。也许在一条声名狼藉的七月大街上,橱窗里的镜子把她反映得光怪陆离,霓虹灯把她辉照得五光十色,贪馋的眼光使她感到自己似乎一丝不挂,但是更合乎情理的猜测是,她开头在漫不经心的人群中徘徊,并没有引起注意……她走进两三家酒吧,看别的女人干那一行当有什么规矩,怎么谈交易。她终于碰到了北极星号上的船员。有一个很年轻,她怕自己会惹起他的怜惜温存;还有一个身材可能比她都矮,一副粗野的样子,她却认为合适,这一来,厌恶的心情就不至于打折扣了。那个矮男人带她进了一扇门,经过昏暗的门厅,转弯抹角地爬上楼梯,又是一个门厅(里

---

[1] 布宜诺斯艾利斯市一区,位于该市中部。

面一扇窗上的菱形玻璃同他们以前在拉努斯的房子里的完全一样),穿过一条过道,又进了一扇门,把门关上了。严重事件是超越时间范畴的,可能因为过去和将来的联系给砍断了,也可能因为组成事件的各个部分之间似乎没有关联。

在时间以外的那个片刻,在那阵天昏地暗、百感交集的迷惘的混乱中,埃玛·宗兹有没有一闪念想到过促使她作出悲痛牺牲的死者?我猜测是想过的,想着的那一瞬间几乎毁了她那不惜一切的计划。她想到(不可能不想)她目前遭受的这种可怕的事情,她爸爸以前也对她妈妈干过。她想到这里,有点惊愕,但马上昏昏沉沉地把它抛在脑后。那个男人大概是瑞典人或者芬兰人,不会讲西班牙语。对他说来,埃玛无非是个工具;对埃玛说来,他也如此,只不过埃玛是供他泄欲的工具,他则是埃玛借以报仇雪恨的手段。

剩下埃玛一个人的时候,她没有立即睁开眼睛。床头柜上放着那个男人留下的钞票。埃玛支起上身,像先前撕信那样,把钞票撕了。毁掉钱币和扔掉面包一样是造孽的,埃玛立刻有点后悔。不过那样做是出于自尊,何况又在那一个日子……由于身体受到糟蹋而引起的悲哀和恶心淹没了恐惧。

悲哀和恶心的感觉缠住她不放，但她还是慢慢地起来，穿好衣服。房间里一片灰暗，黄昏最后一抹光线也消失了。埃玛出去的时候，谁都不会看清她，她在街角搭上一辆往西开的无轨电车。按照预定的计划，她坐到最前排的位置上，以免有人看见她的脸。街上的行人和车辆没精打采地来来往往，并不了解她刚才的经历，她心里稍稍踏实一些。她经过的几个街区，房屋开始低矮，灯火也不那么明亮了，随看随忘，没有什么印象，最后在华纳斯街口下车。说来也怪，原先的疲乏竟变成了力量，因为这时候要求她全神贯注地实现目前冒险的细节，顾不上去想刚才和以后的事情。

艾伦·洛文泰尔在大家面前是个一本正经的人，只有少数几个亲密的朋友才知道他爱财如命。他单身住在工厂楼上。工厂在郊区，附近比较偏僻，因此他怕强盗；工厂院子里养了一条大狗，他书桌的抽屉里经常放着一支手枪，这件事谁都知道。去年他的老婆突然死了（他老婆是高斯家族的，替他带来一笔可观的嫁妆），当时他也煞有介事地哭了几场，但真能使他动情的还是金钱。他暗自惭愧的是自己挣钱的本领不及守财的才能。他十分虔诚，认为自己和上帝订有一个秘密契约，只要他祷告忏悔，干了再缺德的事也不会受到惩罚。他秃头，肥胖，丧服未除，戴一副茶晶眼镜，留着黄胡子，站在窗前等女工埃玛·宗兹前来告密。

他看见埃玛推开他事先故意半掩着的铁栅门，穿过阴暗的院子。拴住的狗吠叫时，他看见埃玛绕了一个小圈子。埃玛的嘴唇微微动个不停，好像在低声祷告；她不厌其烦地重复着洛文泰尔先生毙命前将要听到的那句话。

事情的发展同埃玛·宗兹预料的却不一样。打从昨天一清早开始，她在心目中预演了好多次：用手枪牢牢对准，逼那个卑鄙的家伙交代他卑鄙的罪行，然后说出自己大胆的策略，用这个策略让上帝的公理战胜人世的公理（她并不害怕，但是既然作为公理的工具，她不愿意受到处分）。最后，照着洛文泰尔胸口一枪，就决定了他的命运。然而事情的经过并不是这样的。

见了艾伦·洛文泰尔，埃玛固然急于替父亲报仇，但更急于惩治的是由于要报仇才蒙受的糟蹋。经过那一场穷凶极恶的凌辱之后，她非杀死洛文泰尔不可。此外，她没有时间来一套戏剧性的表演。她怯生生地坐着，讲了一些抱歉的话，像告密者那样要求洛文泰尔作出严守秘密的保证,透露了几个人的姓名,提到另外几个人,然后显得十分害怕的样子,住口说不下去了。她请洛文泰尔去弄杯水给她喝。洛文泰尔不太相信她竟会怕到这种程度,但还是摆出厚道的样子,到饭厅去替她取水。他回来时,埃玛已经从抽屉里取出那支沉重的手枪。她扣了两下扳机。

那个肥硕的身体倒了下去,仿佛给枪声和硝烟打碎似的,盛着水的玻璃杯摔破了,那张脸带着惊讶和愤怒的神色对着埃玛,脸上那张嘴用西班牙语和意第绪语咒骂她。脏话骂个不停,埃玛不得不再补上一枪。拴在院子里的狗叫了起来,满口脏话的嘴里突然冒出一股鲜血,沾红了胡子和衣服。埃玛开始说出早已准备好的指控("我是替我父亲报仇的,谁也惩处不了我……"),她没有把话说完,因为洛文泰尔先生已经断了气。不知道他有没有听明白。

狗的吠叫提醒埃玛现在还不能休息。她把长沙发搞得乱糟糟的,解开尸体衣服的纽扣,取下溅有血点的眼镜,把它放在卡片柜上。然后,她拿起电话,重复说出已经练了许多次的话:"出了一件想不到的事情……洛文泰尔先生借口要了解罢工的情况,把我叫了来……他强奸了我,我杀了他……"

这件事确实难以想象,但是不容人们不信,因为事实俱在。埃玛·宗兹的声调、羞怒、憎恨都是千真万确的。她确实也受到了糟蹋,虚假的只是背景情况、时间和一两个名字。

阿斯特里昂的家

王后生了一个儿子取名阿斯特里昂。

阿波洛多罗：《图书馆》，第三卷第一章

我知道人们指责我傲慢，还有说我孤僻和精神错乱的。这种指责（到了一定时候我自会惩罚他们）荒谬可笑。我确实足不出户，但是我家的门（数目多得无限[1]）日夜敞开，无论什么人或动物想进来都可以进来，这也是事实。这里找不到女人的美丽服饰和宫殿的豪华气派，只能找到寂静和凄凉。这幢房屋是世界上绝无仅有的。（某些人说埃及有一幢相似的房屋，他们是在撒谎。）甚至连诽谤我的人也承认房屋里没有一件家具。另一桩荒谬的事在于我，阿斯特里昂，是个囚徒。

难道还要我重说一遍，这里没有哪一扇门是关着的，这里没有一把锁吗？此外，我有时傍晚上街；天黑前就回来了，因为平民百姓的脸使我看了害怕，那些脸像摊开的手掌一样平坦苍白。虽然太阳已经下山，但是一个小孩的孤苦无告的号哭和教民们粗俗的祷告说明他们认出了我。人们祈祷着，四散奔跑，匍匐在地；有的簇拥在牛角庙宇的柱座周围，有的把石块堆起来。我相信还有人藏在海里。我有一个当王后的母亲不是区区小事；我不能和平民百姓混在一起；尽管我生性谦逊，希望这么做。

事实上，我是绝无仅有的。我对一个人能和别人沟通信息不感兴趣；我像哲学家一样，认为通过文字艺术什么信息都传递不了。我是干大事的人，心里从不去想鸡毛蒜皮的、烦人的小事；我根本不去记一个字母和另一个字母之间的区别。我大大咧咧，对什么都不耐烦，所以没有读书识字。有时候我感到遗憾，因为白天黑夜时间太漫长，不好打发。

---

1 原书是"十四"，但有充分理由猜测，对阿斯特里昂说来，那个数量词代表"无限"。——原注

当然，我不缺少消遣。我像一头要发起攻击的小公羊那样，在石砌的回廊里奔跑，直至头晕眼花滚到地上为止。我躲在水箱的背阴处或者走廊拐角，独自玩捉迷藏。有时候我从屋顶平台摔下来，磕得头破血流。我随时随地都能假装熟睡，闭着眼睛打呼噜。（有时候真的睡着了，再睁眼时天色已黑。）但这许多游戏中，我最喜欢的是假扮另一个阿斯特里昂。我假装他来做客，我带他看看房屋。我毕恭毕敬对他说：现在我们回到先前的岔口，或者现在我们进另一个庭院，或者我早就说过你会喜欢小水沟的，或者现在你将看到一个积满泥沙的蓄水池，或者你还会看到一分为二的地下室。有时候我搞错了，我们俩高兴地大笑。

我非但想出这些游戏，并且对房屋进行过思考。房屋的所有部分重复了好几回，任何地方都是另一个地方。水箱、庭院、饮水槽、饲料槽不止一个；饲料槽、饮水槽、庭院、水箱各有十四个（也就是无限多）。房屋同世界一般大；更确切地说，就是世界。然而，我厌倦了有水箱的庭院和铺着灰石头的灰蒙蒙的回廊，便走到街上，看到了牛角庙宇和大海。开头有点莫名其妙，夜晚的景色忽然让我明白海洋和庙宇也有十四个之多（也就是无限多）。一切都重复好几回，十四回，但是世界上两桩事只此一回：上面，是错综复杂的太阳；下面，是阿斯特里昂。也许创造星星、太阳和大房屋的是我，可是我记不清楚了。

每九年有九个人走进这座房屋，让我帮他们解脱一切邪恶。我听到回廊尽头响起他们的脚步声或说话声，就欢欢喜喜地迎上前去。仪式几分钟就结束了。他们一个接着一个倒下，而我手上没有沾一点血迹。他们待在倒下去的地方，那些尸体有助于区分回廊。我不知道他们是什么人，但我知道其中一个咽气时预言说我的救世主迟早会来的。从那时起，我不再因为孤独感到痛苦，因为我知道我的救世主还活着，终于会从尘埃中站起来。如果我能听到世界上所有的声音，肯定能听到我的救世主的脚步声。但愿他把我带到一个没有这许多回廊和这许多门的地方去。我的救世主会是什么模样？我寻思着。他是牛还是人？也许是一头长着人脸的公牛？也许和我一模一样？

早晨的阳光在青铜剑刃上闪闪发光。上面没有留下一丝血迹。

"你信吗？阿里阿德涅？"忒修斯[1]问道，"那个牛头怪根本没有进行自卫。"

献给玛尔塔·莫斯克拉·伊斯门

---

1 Theseus，希腊神话中的雅典王子，获知克里特王米诺斯强迫雅典人每年以童男童女各七名送给囚禁在迷宫中的牛头怪享用，他进入迷宫杀死牛头怪，并靠米诺斯的女儿阿里阿德涅给的一个线团走出了迷宫。

另一次死亡

大约两年前（我找不到原信了），甘农从瓜莱瓜伊丘来信，说是给我寄来一本拉尔夫·沃尔多·爱默生[1]长诗《往昔》的也许是第一个西班牙文译本，并在附言中说，我可能还记得的堂佩德罗·达米安前几天夜里因肺充血去世。那人高热谵妄时仿佛又置身于血雨腥风的马索列尔战役；那个消息在我听来似乎是意料中事，并不感到突然，因为堂佩德罗十九或二十岁时就已在阿帕里西奥·萨拉维亚[2]麾下作战。一九〇四年革命时，他在内格罗河或派桑杜一个庄园里当雇工；佩德罗是恩特雷里奥斯省瓜莱瓜伊丘地方的人，跟着朋友们从了军，像他们一样勇敢无知。他经历了一些混战和最后一次战役；一九〇五年解甲归田，继续干他辛苦而卑微的农活。据我所知,他此后没有离开过本省。过去三十年,他是在离尼安开伊一两里格的一个非常偏僻的地点度过的;一九四二年一天下午,我在那荒凉的地方同他聊天(试图同他聊天)。他是个沉默寡言、想象力一般的人。他叙述的马索列尔战役仅限于杀喊声和凶猛;他临死的时刻仿佛又回到战场上并不使我感到奇怪……我知道我再也见不到达米安了,我想回忆他的模样;他本人的相貌已记不清了,我只记得甘农替他拍的一张照片。这件事并不奇怪,因为他本人我只在一九四二年年初见过一次,而他的照片却见过多次。甘农把那张照片寄给我;我不知放在什么地方,也没有寻找,也不敢找。

第二件事是几个月后在蒙得维的亚发生的。那个恩特雷里奥斯人的高烧和临终前的痛苦使我灵机一动,认为可以就马索列尔的失败写一篇精彩的故事;我把我的想法告诉了埃米尔·罗德里格斯·莫内加尔,他写了一个便笺,介绍我去见指

---

1 Ralph Waldo Emerson(1803—1882),美国思想家、散文作家、诗人,先验主义运动的代表。作品有《论文集》、《论文二集》、《代表人物》、《诗选》等。
2 Aparicio Saravia(1856—1904),乌拉圭将军、政治家、白党领袖, 1897年与1904年乌拉圭民族主义革命倡导人。

挥那次战役的迪奥尼西奥·塔巴雷斯上校。上校在一天晚饭后接见了我。他坐在天井里的一张帆布椅子上，杂乱无章而深情地回忆过去的时光。他谈到弹药供应不上，马匹疲惫不堪，士兵们浑身尘土，困得眼睛都睁不开，仿佛在迷宫中行军，萨拉维亚本来可以进入蒙得维的亚，但他没有进城，"因为高乔人见到城市就怕，"还谈到喉咙被割断的士兵的惨状，他叙述的内战情况在我听来不像是两支军队的冲突，反像是一个逃亡者的梦魇。他谈到伊列斯卡斯、图潘巴埃和马索列尔。他一件件事讲得如此生动，使我觉得这些事他讲过多次，他的话根本不需要回忆。他间歇时，我总算提到达米安的名字。

"达米安？佩德罗·达米安？"上校说。"他在我部下。是个塔佩土著，弟兄们管他叫作雇工[1]。"他哈哈大笑，接着突然停住，假装或确实感到不快。

他换了一种口气说，战争像女人一样，对男人是个考验，在投入战斗之前，谁都说不上自己究竟是不是好汉。自以为是胆小鬼的人，可能很勇敢；自以为勇敢的人也可能是胆小

---

[1] 达米安的原文 Damián 和英语 Dayman（按日计工的人）读音相近。

鬼，那个可怜的达米安正是如此，他佩着白党的标志在酒店里进进出出，后来在马索列尔却成了脓包。有一次同酗酒的人枪战，他像是一条汉子，可是在战场上远不是那回事，战场上两军对阵，开始打炮，每个人都觉得五千个人联合起来要杀他一个。可怜的小土著，他一向赶羊药浴，突然给卷进了那场爱国战争……

塔巴雷斯的介绍使我荒唐地感到羞愧。我原指望的事情不是这样的。多年前一天下午我同老达米安谈话之后，不由自主地塑造了某种偶像，塔巴雷斯的说法把它打得粉碎。我突然领悟出达米安寡言少语、离群索居的原因；促使他这么做的不是谦虚，而是惭愧。我一再说服自己，一个被怯懦行为困扰的人要比一个单纯勇敢的人复杂得多、有趣得多，但无济于事。我认为高乔人马丁·菲耶罗给人的印象不如吉姆老爷或者拉佐莫夫[1]深刻。那固然不错，但是作为高乔人，达

---

[1] 吉姆老爷和拉佐莫夫，分别是英国小说家康拉德（Joseph Conrad，1857—1924）的《吉姆老爷》和《在西方的眼睛下》中的人物。吉姆是水手，自认为是英雄，但在一次海难中弃船逃命，引为终身耻辱，后去东方一个小岛为土著人做好事。拉佐莫夫是俄国学生，想当官员，出卖了暗杀显贵向他求助的同学霍尔丁，向当局告密，导致霍尔丁被害。

米安有责任要成为马丁·菲耶罗——尤其是在乌拉圭的高乔人面前。从塔巴雷斯的话和言外之意里我觉察到所谓阿蒂加斯[1]主义的粗犷气息：一种也许是无可置疑的意识，认为乌拉圭比我们的国家更重要，从而也更勇敢……我记得那晚我们万分热情地告了别。

到了冬天，我那篇故事迟迟不能脱稿，还缺一两处情况，我不得不又去塔巴雷斯家拜访。同他一起的还有一位上了年纪的先生：胡安·弗朗西斯科·阿马罗医生，派桑杜人，也参加过萨拉维亚领导的革命。话题自然谈到了马索列尔。阿马罗提到一些轶闻，然后仿佛自言自语地缓缓说：

"我记得我们在圣伊雷内庄园宿营，又有一些人赶来参加我们的队伍。其中有一位法国兽医，战役前夕牺牲，还有一个恩特雷里奥斯的剪毛工，一个名叫佩德罗·达米安的小伙子。"

我粗鲁地打断了他的话。

"我已经知道了，"我说。"就是那个被枪弹吓破胆的阿根

---

[1] José Gervasio Artigas（1764—1850），乌拉圭将军，独立运动领袖，1815年以"保护者"之名领导乌拉圭东岸地带政府。

廷人。"

我住了嘴,他们两人莫名其妙地看着我。

"您错啦,先生,"阿马罗终于说。"佩德罗·达米安视死如归。那时候是下午四点来钟。红党的步兵占领了山头;我们的部队向山头持矛冲锋;达米安一马当先,大声呼喊,一颗子弹正中他前胸。他站在马镫上,停止了呼吸,接着翻身落地,倒在乱马蹄下面。他当场身亡,马索列尔最后一次冲锋是踩在他身上过去的。他勇敢非凡,死时还不满二十岁。"

毫无疑问,他讲的是另一个达米安,我忽发奇想,问那土著当时喊的是什么。

"脏话,"上校说。"冲锋时都满口脏话。"

"可能是那样,"阿马罗说。"不过他也喊了乌尔基萨[1]万岁!"

我们都不做声。上校最后喃喃说:

"那不像是在马索列尔,倒像是一世纪前在卡甘查或印第

---

[1] Justo José de Urquiza(1801—1870),阿根廷将军、政治家,罗萨斯独裁时期任恩特雷里奥斯省省长,1852年击败罗萨斯,1854至1860年间任总统。

亚穆埃塔[1]打仗。"

他大感不解地说：

"我是那些部队的指挥官，但我敢发誓说，我第一次听说有一个叫达米安的士兵。"

我们无法让他想起当时的情况。

在布宜诺斯艾利斯，我因他的遗忘而产生的惊愕又重演一次。一天下午，在米切尔的英国书店的地下室，我正翻阅爱默生的赏心悦目的十一卷全集时，遇到了帕特里西奥·甘农。我问起他翻译的《往昔》。他说他根本没有翻译的计划，再说西班牙文学作品已经够沉闷的了，没有必要再把爱默生介绍过来。我提醒他，他给我的信里说是要寄一本西班牙文译本给我，并且还提到达米安去世的消息。他问我谁是达米安。我告诉了他，但他毫无印象。我惊骇地注意到，他听我谈这事时十分诧异，我便岔开话题，同他讨论攻击爱默生的人；作为诗人，爱默生要比坎坷终生的爱伦·坡更复杂、更老练，因而更独特。

---

[1] 1839年乌拉圭人在总统里韦拉率领下在卡甘查打败罗萨斯的阿根廷军队；1845年乌尔基萨的阿根廷军队在印第亚穆埃塔打败里韦拉的乌拉圭军队。

还有些事实我应该提一提。四月份，我接到迪奥尼西奥·塔巴雷斯上校来信；他理清了头绪，如今清楚地记得那个在马索列尔带头冲锋的恩特雷里奥斯人，还记得当晚在山脚下掩埋了他部下的战士。七月份，我路过瓜莱瓜伊丘，没找到达米安住过的小屋，当地谁都记不起有这么一个人。我想向牧主迭戈·阿巴罗亚了解，因为他亲眼见到达米安阵亡，但是阿巴罗亚冬天前就已去世。我想回忆达米安的模样；几个月后，我翻阅照相本，发现我记忆中那张阴沉的脸竟是著名男高音歌唱家坦伯里克扮演奥赛罗的剧照。

于是我进行猜测。最简单但也最不令人满意的设想是有两个达米安：一个是一九四六年在恩特雷里奥斯去世的懦夫；另一个是一九〇四年在马索列尔牺牲的勇士。这个设想的缺点是没有解答真正的谜：塔巴雷斯上校奇怪的反复无常的记忆，在很短的时间内怎么会忘掉那个复员的人的模样，甚至忘了名字。（我不同意，也不愿同意另一个更简单的猜测：那就是我在梦中见到第一个达米安。）还有一个更匪夷所思的超自然的猜测是乌尔里克·冯·库尔曼提出的。乌尔里克说，佩德罗·达米安战斗阵亡，他死时祈求上帝让他回到恩特雷里奥斯。上帝赐恩之前犹豫了一下，祈求恩典的人已经死去，好几个人亲眼看到他倒下。上帝不能改变过去的事，但能改变过去的形象，便把死亡的形象改成昏厥，恩特雷里奥斯人的影子回到了故土。他虽然回去了，但我们不能忘记他只是个影子。他孤零零地生活，没有老婆，没有朋友；他爱一切，具有一切，但仿佛是在玻璃的另一边隔得远远的；后来他"死了"，他那淡淡的形象也就消失，仿佛水消失在水中。这种猜测是错误的，然而使我得到真实的设想（我今天认为是真实的设想），既简单，又是前所未闻。我是在比埃尔·达米安尼的专著《论万能》里几乎奇迹般地发现那种设想的，《神曲·天国篇》第二十一歌里有两行诗句恰好谈到同一性的问题，引起我研究《论万能》的兴趣。比埃尔·达米安尼在那部专著的第五章里一反亚里士多德和弗雷德加里奥·德·图尔的意见，声称上帝能实现以前没有发生过的事。我研究了那些古老的神学讨论，开始领悟了堂佩德罗·达米安的悲剧性故事。

故事是这样的：达米安在马索列尔战场上表现怯懦，后半辈子决心洗清这一奇耻大辱。他回到恩特雷里奥斯；他从不欺侮人，不和人家动刀子，不寻找勇敢的名声，只在尼安开伊的田野上埋头苦干，同山林和野性未除的牲畜斗争。他一直在准备奇迹的出现，显然不知道什么时候才会出现。他暗暗思忖：如果命运给我带来另一次战役，我一定不辜负众望。四十年来，他暗暗等待，命运终于在他临终的时刻给他带来了战役。战役在谵妄中出现，但古希腊人早就说过，我们都是梦幻的影子。他垂死时战役重现，他表现英勇，率先作最后的冲锋，一颗子弹打中他前胸。于是，在一九四六年，由于长年的激情，佩德罗·达米安死于发生在一九〇四年冬春之交的败北的马索列尔战役。

《神学大全》里否认上帝能使过去的事没有发生，但只字不提错综复杂的因果关系，那种关系极其庞大隐秘，并且牵一发而动全身，不可能取消一件遥远的微不足道的小事而不取消目前。改变过去并不是改变一个事实，而是取消它有无穷倾向的后果。换一句话说，是创造两种包罗万象的历史。比如说，在第一种，佩德罗·达米安于一九四六年死在恩特雷里奥斯；在第二种，于一九〇四年死在马索列尔，也就是我们现在经历的历史，但是取消前一种历史不是一蹴而就的，而是产生了我提到的种种不连贯的情况。拿迪奥尼西奥·塔巴雷斯上校来说，他经历了各个阶段：最初他记得达米安是个胆小鬼；接着把他忘得一干二净；后来又回忆起他悲壮的牺牲。牧主阿巴罗亚的情况也足以证实；他死了，我知道，因为他对堂佩德罗·达米安的回忆太多。

至于我自己，我知道我没有冒相似的危险。我猜测到人们不得而知的过程，猜测到某种悖论；但是有些情况使那种可怕的特权有点逊色。首先，我不敢肯定写的是否都是真事。我怀疑我的故事里有些虚假的回忆。我怀疑佩德罗·达米安（如果真有其人的话）不一定叫佩德罗·达米安，我记忆中他之所以叫这个名字，是因为有朝一日会想起他的故事是受到比埃尔·达米安尼论点的启发。我在第一段里提到的诗集也有相似的原因，因为它涉及无可挽回的往昔。一九五一年，我认为自己创作了一篇异想天开的故事，却记载了一件真事；两千年前，始料不及的维吉尔认为自己宣告了一个人的诞生，却预言了神子的降临。[1]

可怜的达米安！他二十岁时就被死亡带到一场可悲的、不知其所以然的战争和一次自家的战役中，但获得了他心想的东西，并且经过很长时间才得到，也许是他最大的幸福。

---

[1] 古罗马诗人维吉尔深得罗马皇帝屋大维（奥古斯都）尊重，维吉尔在他的诗里也不断歌颂奥古斯都的功绩。维吉尔早期的重要作品有牧歌十章，在第四章里，诗人庄严宣告一个新时代的开始，歌颂一个婴儿的诞生将带来未来的黄金时代。从公元四世纪起，不少基督徒认为这是指耶稣基督的诞生，是对未来天国的预言。实际上，这个新诞生的婴儿可能是指生于公元前42年的马尔切鲁斯，是奥古斯都的妹妹屋大维亚的儿子，深为奥古斯都所宠爱，曾被认为是他的继承人。西方基督徒附会这个婴儿是耶稣基督显然不能成立，当时的罗马基督教还没有那么大的影响。

德意志安魂曲

虽然他必杀我,我仍对他信赖。

《约伯记》,第十三章第十五节[1]

我名叫奥托·迪特里希·林德。我的一个祖先,克里斯托夫·林德,在决定佐恩道夫战役胜利的骑兵冲锋时阵亡。我的外曾祖父,乌尔里克·福克尔,于一八七〇年底在马歇诺森林中被法兰西狙击手冷枪打死;我的父亲,迪特里希·林德上尉,在一九一四年围攻那慕尔和两年后横渡多瑙河的行动中屡建功勋。[2]至于我,我将因严刑拷打和残杀无辜的罪名被枪决。审理过程公正合理,我一开头就承认自己有罪。明天,当监狱的钟敲响九点时,我将接受死刑处决;我想起先辈是很自然的事,因为我已接近他们的阴影,从某种意义上说来,我就是他们。

审理期间(幸好时间不长)我缄口不语;当时为自己申辩会干扰判决,并且显得怯懦。现在情况起了变化;在处决的前夕,我可以无所畏惧地畅所欲言。我并不要求宽恕,因为我根本无罪,但我希望得到理解。能听我表白的人就能理解德国的历史和世界未来的历史。我知道像我这样的情况目前虽然骇人听闻,不出多久将是微不足道的。明天我将死去,但我是未来几代人的象征。

我于一九〇八年出生在马林贝格。对音乐和玄学的两种爱好,如今几乎遗忘,曾使我勇敢地、甚至怀着幸福感面对许多不幸的岁月。我不能一一举出有惠于我的人,但有两

---

1 《圣经·旧约·约伯记》第十三章第十五节为:"他必杀我,我虽无指望,然而我在他面前还要辩明我所行的。"
2 值得注意的是叙述者略去了他最显赫的祖先,神学家和希伯来语言文化学家约翰尼斯·福克尔(1799—1846),此人将黑格尔辩证法应用于基督学,他翻译的某些伪经遭到亨斯坦伯格的指责,但博得西洛和格塞米纳斯的赞赏。——原编者注

个名字不能不提,那就是勃拉姆斯[1]和叔本华。我也涉猎诗歌,在那些名字中我还想添上另一个伟大的日耳曼语系的名字——威廉·莎士比亚。以前我对神学感兴趣,但是叔本华以直截了当的道理使我永远偏离了这门奇妙的学科(以及基督教信仰),莎士比亚和勃拉姆斯绚丽多彩的世界使我心醉神迷。那些高手的作品使别人击节叹赏、欣羡不已,也会使我这个可恶的人感到心灵的震撼。

一九二七年前后,尼采和施宾格勒闯进了我的生活。十八世纪的一位作家说过,谁都不愿向同时代的人借鉴;我为了摆脱我预感压抑的影响,写了一篇题为《与施宾格勒商榷》的文章,指出作家称之为浮士德特征的无可争辩的巨著并不是歌德的驳杂的诗剧[2],而是一首两千年前写的诗:《论自然》。尽管如此,我对那位历史上的哲学家,对他的彻底的日

---

[1] Johannes Brahms(1833—1897),继贝多芬之后的德国杰出作曲家,作品有四部交响乐和许多协奏曲、浪漫曲、室内乐、安魂曲,《德意志安魂曲》是其重要代表作。

[2] 别的国家像矿石或流星一样,自为自在地过着单纯的生活;德国是一面反映一切、包罗万象的镜子,是世界意识。歌德是那种世界范围的理解力的原型。我绝无非难他的意思,只是我看不出施宾格勒论点中的浮士德式人物。——原注

耳曼尚武精神仍作了公正的评价。一九二九年，我加入了纳粹党。

我不想谈我在党内接受锻炼的年月。那些年月对我说来比许多人要艰难得多，因为我虽然不乏勇气，但我缺少暴力的天赋。尽管这样，我明白我们处于一个新时代的边缘，这一时代，正如伊斯兰教或基督教创始时期，要求一批新人的出现。作为个别的人，我的同志们都使我厌恶；我试图说服自己，为了我们献身的崇高目的，我们并不是个别的人，但是说服不了。

神学家们断言，只要上帝的关怀离开我写字的右手一秒钟之久，这只手就顿时消失，仿佛被不发光的火焰烧掉一样。我却说谁都不能毫无理由地存在，毫无理由地喝一杯水或者掰开一个面包。每人的理由各个不同，我期待着那场考验我们信仰的无情的战争。我知道我将参加那场战争就够了。有时我担心英国和俄罗斯的怯懦会使我们失望。机遇或命运使我的未来完全改变：一九三九年三月一日傍晚，蒂尔西特[1]发

---

1 俄罗斯涅曼河畔城市，后改名为苏维埃茨克。

生了骚乱，报上没有报道；在犹太教堂的后街，两颗枪弹穿过我的大腿，这条腿不得不锯掉。[1]几天后，我们的军队开进波希米尼；当汽笛齐鸣，宣布这一消息时，我正躺在医院里动弹不得，企图在叔本华的书里忘掉自己。一只硕大懒散的猫睡在窗槛上，正是我幻灭的命运的象征。

我重新阅读了《附录与补遗》的第一卷，看到叔本华说一个人从出生的一刻起到死为止所能遭遇的一切都是由他本人事前决定的。因此，一切疏忽都经过深思熟虑，一切邂逅都是事先约定，一切屈辱都是惩罚，一切失败都是神秘的胜利，一切死亡都是自尽。我们的不幸都是自找的想法是最好不过的宽慰；这种独特的神学向我们揭示了一个隐秘的旨意，奇妙地把我们同神混为一谈。我心想，是什么不为人知的意图使我找上那个傍晚、那些枪弹和那次截肢手术的呢？当然不是对战争的畏惧，这一点我很清楚，而是某些更深奥的东西。我终于自以为搞明白了。为一种宗教而死比终生弘扬它要简单得多；在以弗所与猛兽搏斗（不少默默无闻的殉道者

---

[1] 据说那次枪伤后果十分严重。——原编者注

这么做过）比做耶稣基督的仆人保罗[1]要轻松一些；一个人始终不渝的时间远远多于一次行动。战役和光荣是不难的，拉斯科尔尼科夫[2]的事业比拿破仑的更为艰巨。一九四一年二月七日，我被任命为塔尔诺维茨[3]集中营的副主任。

我并不喜欢这个职务，但是我恪尽厥责，从不懈怠。懦夫在刀光剑影中露出真正面目，慈悲怜悯的人则在监狱和他人的痛苦中得到考验。纳粹主义本质上是道德问题，是弃旧图新，摆脱败坏的旧人成为新人的过程。在战场上长官的呵斥和士兵的杀喊声中，那种转变是稀松平常的事；在局促的囚室中情况就不一样，引人上当的恻隐之心往往用以前的温情来打动我们。我说怜悯不是没有理由的，查拉图斯特拉认为罪莫大于对出类拔萃的人表示怜悯。我承认当杰出的诗人

---

1 原名扫罗，早期反对基督教，皈依基督后积极宣扬基督教义，历尽磨难，于公元66年左右殉道，被罗马皇帝尼禄斩首。《圣经·新约》中《罗马人书》、《哥林多书》、《加拉太书》、《提摩太书》、《腓利门书》、《希伯来书》等是保罗撰写的，保罗本人的事迹载于《圣经·新约》中的《使徒行传》。
2 俄国作家陀思妥耶夫斯基名著《罪与罚》中的主人公。作者通过主人公犯罪心理的描写，揭露了资产阶级所谓"强有力的个性"的反道德本质和"超人"哲学的破产，说明人无法逃避内心的惩罚，在毁灭他人的同时也毁灭了自身。
3 波兰卡托维兹省城市，现名塔尔诺夫斯克山。

大卫·耶路撒冷从勃雷斯劳转移到我们的集中营时,我几乎犯下那种罪孽。

这个人有五十岁。他身无长物,遭到迫害、否认和责骂,却把他的才能用于歌颂幸福。我记得艾伯特·塞格尔在《时间的诗》那部作品里把他同惠特曼[1]相提并论。这个比拟并不恰当;惠特曼以一种先期的、一般的甚至冷漠的方式歌颂宇宙;耶路撒冷却以细致的爱为每一件事物感到欢欣。他从不列举清单目录。我还能背诵那首名为《画虎大师杨子》的意味深长的诗篇的许多六音步诗行,仿佛一串串静悄悄的老虎横贯全诗。我也忘不了那首名为《罗森克兰茨对天使说》的独白,其中一个十六世纪的伦敦高利贷者临死前还死乞白赖地为自己的过错辩护,并不怀疑他生活的隐秘理由是在一个债户(他只见过一面,已经记不清了)的心目中唤起了夏洛克[2]这个角色的形象。大卫·耶路撒冷的眼神给人印象深刻,

---

1 Walt Whitman(1819—1892),美国诗人,主要诗集有《草叶集》等。惠特曼的诗不受传统格律束缚,确立了自由诗的地位,对美国和欧洲诗歌的发展很有影响。
2 莎士比亚喜剧《威尼斯商人》中放高利贷的犹太人。

皮肤青黄，胡子几乎墨黑，尽管他属于那些邪恶可憎的北欧犹太人[1]，倒像是西班牙犹太人的后裔。我对他十分严厉，我不允许同情心和他的光荣使我软下心肠。多年来我弄懂了一个道理，那就是世界上任何事物都可能成为地狱的萌芽；一张脸、一句话、一个罗盘、一幅香烟广告，如果不能忘掉，就可能使人发狂。假如一个人念念不忘匈牙利地图的话，他岂不就成了疯子？我决定把那个原则应用于我们机构的纪律管理，终于……[2] 一九四二年年底，耶路撒冷失去了理智；一九四三年三月一日，他自杀身亡。[3]

我不知道耶路撒冷是否理解，如果是我毁灭了他，我的出发点也是为了毁灭自己的恻隐之心。他在我眼里并不是一

---

1 北欧犹太人的原文是 Ashkenazim，区别于散居在西班牙、葡萄牙等南欧国家的犹太人 Sefardi。Ashkenazim 由 Ashkenaz 衍出，《圣经》译名为"亚实基拿"，是靠方舟躲过洪水的挪亚的后代，见《旧约·创世记》第十章第三节及《旧约·历代志上》第一章第六节。
2 此处不得不删去几行。——原编者注
3 档案资料和塞格尔的作品中都找不到耶路撒冷这个名字。德国文学史上也没有记载。虽然如此，我并不认为这是个虚假的人物。根据奥托·迪特里希·林德的命令，塔尔诺维茨集中营折磨了许多犹太知识分子，包括女钢琴演奏家埃玛·罗森茨威格。"大卫·耶路撒冷"也许是好几个人的象征。文中说他于1943年3月1日去世；叙述此事的人于1939年3月1日在蒂尔西特受伤。——原编者注

个人，甚至不是一个犹太人；他已经成为我灵魂中那个可憎的区域的象征。我同他一起受苦，一起死去，在某种意义上同他一起消失；因此我心如铁石，毫不容情。

与此同时，一场顺利的战争的伟大的日日夜夜在我们身边展开。我们呼吸的空气中有一种近乎爱的感情。仿佛海洋突然就在近处，血液里有一种惊奇和兴奋。在那些年里，一切都不同，甚至梦的意境都不一样。（我也许从未完全幸福过，但众所周知，不幸需要失去的天堂。）人人都向往得到一个人所能获得的全部经验，人人都怕那无限的财富中有些许落空。但是我这一代人经历了一切，因为他们先得到了光荣，然后又遭到了失败。

一九四二年十月或十一月，我的弟弟弗里德里克在埃及沙漠里，在阿拉曼第二次战役中阵亡；几个月后，一次空袭炸毁了我们老家的房屋；一九四三年年底，另一次空袭炸毁了我的实验室。在几大洲的围攻下，第三帝国正走向灭亡；它到处树敌，现在是千夫所指，四面楚歌。当时发生了一件奇特的事，现在我认为我已懂得。我觉得我能喝干那杯苦酒，但是我在沉渣里尝到一种没有料到的滋味，神秘的、几近可怕的幸福的滋味。我试图寻找各种解释，但都不能使我满意。我想："失败使我高兴，因为我秘密地知道自己有罪，只有惩罚才能拯救我。"我想："失败使我高兴，因为它是下场，而我已经非常疲倦。"我想："失败使我高兴，因为它同过去、现在和将来的事情有千丝万缕的联系，因为指责或痛惜一件孤零零的真正的事情是对整个世界的亵渎。"我寻找种种理由，直到和真正的理由对上号。

据说人们生下来不是亚里士多德式，便是柏拉图式。这等于说，任何抽象性质的争辩都是亚里士多德和柏拉图论争的一个片断；古往今来，东南西北，姓名、方言、面孔可以改变，但主角是永远不变的。人民的历史也记载了隐秘的连续性。当阿尔米尼乌斯[1]在沼泽地大败瓦鲁斯的军团时，他并不知道自己成了日耳曼帝国的先驱；翻译《圣经》的路德[2]没有料到他的目的是造成彻底消灭《圣经》的

---

[1] Arminius（约前18—21），古代日耳曼人的首领，于公元9年在条顿堡森林战役中大败罗马奥古斯都皇帝的将军瓦鲁斯率领的军团。
[2] Martin Luther（1483—1546），德国宗教改革家，将《圣经》译成德文，对德国语言的统一和发展起了很大作用。

人民；一七五八年被一颗莫斯科人的枪弹杀死的克里斯托夫·林德从某种意义上来说是为一九一四年的胜利作了准备；希特勒以为自己是为一个国家而奋斗，事实上他是为所有的国家，甚至为他所侵略和憎恶的国家而奋斗。他的自我也许不了解，但他的血液、他的意志知道这一点；世界由于犹太教，由于犹太教的毛病——对耶稣的信仰——而趋于死亡；我们用暴力和对剑的信仰来教导世界，那把剑如今在杀我们；我们好比那个建了一座迷宫结果自己困死在里面的巫师；也好比大卫，他审理一个隐掉名字的人，判了那人死刑，然后听到揭示："你就是那个人。"不破不立，为了建立新秩序，必须摧毁许多东西；我们现在知道德国就是那些东西之一。我们付出了比我们生命更多的东西，我们付出了我们亲爱的国家的命运。让别人去诅咒、哭泣吧，我高兴的是我们的才干是完美无缺的。

一个毫不通融的时代如今笼罩着世界。造就这个时代的是我们，已经成为时代牺牲品的我们。让英国当锤子，我们当砧子又有何妨？重要的是让暴力占统治地位，不能让基督徒的奴颜媚骨的怯懦得势。如果胜利、不公平、幸福不是为德国所设，那就让别的国家去享受吧。让天堂存在下去吧，即使我们的去处是地狱也无所谓。

我用镜子照照脸以便知道自己是谁，知道再过几小时当我面对自己的下场时如何动作。我的肉体也许会害怕，我却不怕。

阿威罗伊*的探索

他认为悲剧无非是赞美的艺术……

埃内斯特·勒南[1]:《阿威罗伊》,48(1861)

阿布瓜利德·穆罕默德·伊本－阿赫马德·伊本－穆罕默德·伊本－拉什德（这一连串名字很长，中间还有本拉斯特、阿文里兹、阿本－拉萨德、菲利乌斯·罗萨迪斯，最后才到阿威罗伊，一口气念完要好长时间）正在撰写《毁灭之毁灭》的第十一章，以驳斥《哲学家之毁灭》的作者、波斯禁欲主义作家加扎利，他声称神只了解宇宙的普遍规律，该规律与整个物种有关，而不是与个体有关。他从右到左缓慢而稳健地书写着；三段论法的运作和大段文字的联结，并不妨碍他享受他所处的深宅大院的舒适氛围。天籁中有鸽子调情的咕哝声;远处的一个庭院传来喷泉的潺潺水声;阿威罗伊的祖先来自阿拉伯沙漠,他打骨子里就喜欢不舍昼夜的流水。下面是花园和菜圃;再往下是奔流的瓜达尔基维尔河,然后是可爱的科尔多瓦城,像一台精巧复杂的仪器,但是明快的程度不亚于巴格达或者开罗。阿威罗伊还感到他周围的西班牙土地一直延伸到边界,固然显得空旷,但是每一件事物都实实在在、终古常新。

翎笔在纸面上移动,论据丝丝入扣,无可辩驳,然而一丝疑虑使阿威罗伊有点扫兴。引起疑虑的不是《毁灭》这部一时心血来潮而写的著作,而是他要向人们证实与这部诠释亚里士多德的皇皇巨著有关的哲学问题。作为哲学鼻祖,这个希腊人已被公认是能教导人们了解一切可知事物的人;像伊斯兰教的先哲们诠释《古兰经》那样,诠释他的著作便成

---

* Averroes(1126—1198),阿拉伯哲学家、法医学家,生于西班牙科尔多瓦,评注亚里士多德著作,有唯物主义和泛神论思想,遭巴黎大学和梵蒂冈谴责。
1 Joseph Ernest Renan(1823—1892),法国哲学家、历史学家,著有《科学的未来》、《基督教起源史》、《耶稣传》等。

了阿威罗伊的艰巨任务。一个阿拉伯医生专心致志地钻研比他早生一千四百年的人的思想,历史上没有比这更美妙动人的事情了;除了内在的困难以外,我们还应该了解,阿威罗伊不懂叙利亚文和希腊文,他是根据转译的译文工作的。昨夜,《诗学》一开头就有两个吃不准的词把他难住了。那两个词是"悲剧"和"喜剧"。几年前,他在《修辞学》的第三卷里见过,整个伊斯兰教界没有谁能揣摩出这两个词的意思。他翻遍了阿弗罗狄西亚的亚历山大所有卷帙,查阅了聂斯托利亚教派的胡耐因·伊本－伊萨克和阿布－巴萨尔·马塔的所有版本,都一无所获。这两个神秘的词在《诗学》里俯拾皆是,不可能避开。

阿威罗伊搁下翎笔。他寻思着(但没有很大把握):我们寻找的东西往往就在手边。他收好《毁灭》,走到搁板前,那上面排列着波斯书法家抄写的盲人阿本西达的多卷本《莫卡玛》。如果认为他没有看过这些卷帙,就未免可笑了。但是这些卷帙勾起了他重新翻阅的闲情逸致。一阵有节奏的呼喊声分散了他的注意。他从安有栅栏的阳台望去,下面狭窄的院子有几个光着膀子的小孩在泥地上玩耍。一个小孩站在另一个小孩的肩上,显然是装扮祷告报时人;他闭着眼睛,拖长声音喊道:"真主以外无真主。"充当人梯的小孩一动不动,假装是庙宇的尖塔;第三个小孩匍匐在地,权充教徒。这场游戏很快就结束了:大家争着当报时人,谁都不愿意做信徒或者尖塔。阿威罗伊听到他们在争吵,用的是粗俗的方言,也就是伊比利亚半岛的穆斯林平民们用的初学的西班牙语。他打开哈利尔的《基塔乌兰》,自豪地想道:全科尔多瓦(甚至全安达卢西亚)再也找不到比这更好的抄本了,这是埃米尔[1]雅库布·阿尔曼苏从丹吉尔捎给他的。这个港口的名字使他想起从摩洛哥回来的旅行家阿布卡西姆·阿萨里,此人回来的当天晚上和他一起在《古兰经》学者法拉赫的家里共进晚餐。阿布卡西姆说他到过中国大清帝国的国土;攻讦他的人以出于嫉恨的特殊逻辑,一口咬定他从未到过中国;即使到过,肯定在中国的庙宇里亵渎了真主。仔细回忆那次聚会,不免要花好几个小时;阿威罗伊便匆匆拿起《毁灭》,继续写下去,直到傍晚。

---

1 伊斯兰国家的酋长、贵族、王公的尊称。

在法拉赫家里的那次谈话,从总督无与伦比的美德谈起,一直谈到他的弟弟埃米尔的贤操;后来在花园里话题转到了玫瑰。阿布卡西姆还没有看玫瑰就发誓说安达卢西亚的红玫瑰是盖世无双的。但是法拉赫不以为然;他说博学的伊本·库泰巴描述过印度斯坦的花园里有一种玫瑰品种优良,久开不败,艳红的花瓣上有字,写的是:"真主之外无真主,穆罕默德是真主的使徒。"还说阿布卡西姆肯定见过那种玫瑰。阿布卡西姆惊惶地瞅了他一眼。假如他回说确实见过,大家理所当然会把他看作是信口开河的骗子;假如他否认,大家就会说他不信真主。于是他嘟囔着说,打开世上一切奥秘的钥匙掌握在真主手里,世上一切常绿或者凋谢的事物在真主的圣书里都有记载。这番话在《古兰经》的开头几章有案可查,博得了一片尊敬的喃喃声。阿布卡西姆为自己的能言善辩扬扬得意,正要说真主的作为是十全十美、无法探知的。阿威罗伊想起休谟[1]的一个仍有争议的论点,插嘴道:

"我宁愿猜测那是博学的伊本·库泰巴或者抄写员的笔

---

[1] David Hume(1711—1776),苏格兰怀疑主义哲学家、历史学家,著有《人性论》、《道德原则研究》等。

误，而不认为世界上长有公开宣布信仰的玫瑰。"

"是啊，这是大实话，"阿布卡西姆说。

"某个旅行家，"诗人阿布达马立克说，"谈到一种树长出的果子竟是绿鸟。我觉得他的话比有字的玫瑰更可信。"

"这很可能是鸟羽毛的颜色引起的误会，"阿威罗伊说。"此外，果实和鸟都是自然界的事物，而文字却是艺术。从树叶到鸟比从玫瑰到文字容易得多。"

另一位客人激烈反对把文字说成是艺术，因为书籍之母《古兰经》的原件在混沌初开以前就有了，一直保存在天堂里。另一个客人说《古兰经》是一种实质，它的形式既可以是人，也可以是动物，这一见解和主张《古兰经》有两面性的人的见解相似。法拉赫详尽地阐述了正统的学说。他说，《古兰经》好比慈悲，乃是真主的属性之一；抄在书上，挂在嘴边，记在心里；语言、符号、文字都是人类创造的，但《古兰经》是永恒不变的。诠释过《理想国》的阿威罗伊原可以指出书籍之母和柏拉图的模式有相似之处，但他说神学这门学问不是阿布卡西姆所能理解的。

别人也注意到了这一点，敦请阿布卡西姆讲些奇事。当时和现在一样,世道凶险;大胆的人可以闯荡江湖,可怜的人逆来顺受。阿布卡西姆的记忆只反映了隐秘的怯懦。他有什么可讲的?再说,他们要他讲些奇迹,而奇迹根本不能言传:孟加拉的月亮和也门的月亮不一样,但描述所用的语言是一样的。阿布卡西姆考虑了片刻,拿腔拿调地开口说:

"到过许多地区和城市的人当然有许多值得一提的见闻。有一件事我只对土耳其国王说过。那发生在新卡兰(广州),也就是生命之河的入海口。"

法拉赫问那个城市是不是离长城很远,也就是伊斯坎达·卡拿因(马其顿的戴双角头盔的亚历山大)为了防御歌革和玛各[1]入侵而修建的长城。

"中间隔着大片沙漠,"阿布卡西姆不禁自命不凡地说。"驼队要走四十天才望见长城的烽火台,据说还要走四十天才能到达城下。我在新卡兰没有遇到一个亲眼看见过或者听说过长城的人。"

阿威罗伊突然感到一种对无限寥廓的空间的敬畏。他瞅

---

[1] 《圣经》中受撒旦迷惑、与基督敌对的势力。出现在多种文化的神话和民俗中,形象不一。

着布局对称的花园，觉得自己衰老没用、不合时宜了。阿布卡西姆接着说：

"一天下午，新卡兰的穆斯林商人们把我带到一栋住着许多人的木头房屋去。那栋外面刷了油漆的房屋很难形容，其实只能算是一个大房间，里面一排排阁楼或者阳台叠床架屋。隔开的空间里，以及地上和屋顶平台上都有人吃吃喝喝。平台上的人有的敲鼓，有的弹琴，还有十五或二十个人（戴着大红颜色的面具）在祷告、歌唱和谈话。他们受囚禁之苦，但没有看到牢房；他们做骑马状，但没有看到马匹；他们在战斗，但手中握的是竹竿；他们倒下死去，随后又爬了起来。

"疯子们的把戏，"法拉赫说，"正常的人看不懂。"

"他们不疯，"阿布卡西姆不得不加以解释。"一个商人告诉我说他们是在描述一段历史。"

谁也不明白，似乎谁也不想弄明白。阿布卡西姆不知所措，尴尬地向那些洗耳恭听的人作出解释：

"我们不妨设想，他们不是在讲而是在扮演故事。甚至是以弗所的睡觉的人的故事。我们看他们回屋就寝，祷告入睡，他们是睁着眼睛睡的，一面睡一面成长，三百零九年后苏醒过来。我们看他们向小贩买东西时付的是古代钱币,看他们在天堂里和狗一起醒来。那天下午,平台上的人向我们扮演的就是这些。"

"那些人说话吗?"法拉赫问道。

"当然说话啦,"阿布卡西姆为一场他几乎记不清的演出的真实性辩护,厌烦透了。"他们又说又唱,还滔滔不绝地演讲!"

"在那种情况下,"法拉赫说,"根本不需要二十个人。不论怎么复杂的事,有一个人就能说清楚。"

大家同意这个见解。他们赞扬阿拉伯语的优点,说它是真主用来指挥天使们的语言,接着又赞扬阿拉伯人的诗歌。阿布达马立克给予阿拉伯诗歌必要的赞扬之后,却说大马士革或科尔多瓦的诗人们抓住田园形象和贝督因人的词汇不放,未免过时了。他说,浩浩荡荡的瓜达尔基维尔河近在眼前,却要去赞美一口井水,岂不可笑。他主张在比喻方面要创新;他说,当祖哈伊尔把命运比作一头瞎眼的骆驼时,人们赞叹不已,但是五个世纪的时光已把赞叹消磨殆尽。大家同意这种见解,虽然已听许多人说过许多遍。阿威罗伊默默不语。

最后他说话时仿佛在自言自语。

"我也曾支持过阿布达马立克的论点,"阿威罗伊说。"虽然不那么雄辩,道理是一样的。亚历山大城有人说过,只有犯过错误并且悔改的人,才不会再犯;我们不妨补充一句,为了避免错误,最好是有所认识。祖哈伊尔说,经历了八十年的痛苦和光荣,他多次看到命运像一头瞎眼的骆驼那样突然把人们踩得稀烂;阿布达马立克知道,那个比喻已经不能令人拍案叫绝。对于这种责难,有许多答复。第一,如果诗歌的目的在于使人惊奇,用来计算惊奇的时间就不是世纪,而是日子、小时,甚至分钟。第二,著名的诗人不应是创造者而是发现者。赞扬贝尔哈诗人伊本－沙拉夫时,人们一再指出,唯有他才能想到拂晓的星星像徐徐飘落的树叶那样的比喻;如果属实,只能证明这种形象不值一提。一个人所能提出的形象与任何人无关。世上的事物千千万万,任何事物都可以进行类比。把星星比作树叶是毫无根据的,同把它们比作鸟和鱼相差无几。与此相反,谁都不会想到,命运是强大而笨拙、单纯而冷漠无情的。谁都会产生这种短暂或者持久的想法,但是唯有祖哈伊尔把它写成了诗。谁表达的都不及他好。此外（这也许是我思考的实质），可以使城堡销蚀的时间，却使诗歌更为充实。祖哈伊尔当初在阿拉伯写诗时，是把老骆驼和命运两个形象加以对比；如今我们重提，是为了纪念祖哈伊尔，并把我们的悲痛和那个亡故的阿拉伯人加以混淆。那个形象原先的两项成分现在变成了四项。时间扩大了诗歌的范围，据我所知，有些诗歌谱了音乐已经广为流传。几年前，我在马拉喀什苦苦思念科尔多瓦，不由得吟诵阿布杜拉曼在卢扎法的花园里对一株非洲棕榈的倾诉：

> 棕榈呵，你和我一样，
> 也是身在异乡……

这就是诗歌特有的好处，一个怀念东方的国王所说的话被流放非洲的我用来抒发我对西班牙的思念。"

后来，阿威罗伊谈到伊斯兰教创立前蒙昧时代的最早的诗人们，他们已经运用沙漠的无穷无尽的语言阐述过种种事物。他为伊本-沙拉夫的空泛感到震惊不是没有道理的，他说古人和《古兰经》早已涵盖了诗歌的全部内容，他申斥创新的野心是无知和狂妄。大家津津有味地听着,因为古老的东西得到了维护。

阿威罗伊回书房时,报时人在呼唤人们做晨祷。(女眷居住的后院里,黑发的女奴们欺侮了一个红发的女奴,不过他到了下午才知道。)关于那两个难解的词义,他若有所悟。他用稳健仔细的字体在书稿里加上如下的几行文字:"亚里士图(亚里士多德)把歌颂的作品称为悲剧,把讽刺和谴责的作品称为喜剧。《古兰经》的篇章和寺院的圣器里随处都有精彩的悲剧和喜剧。"

睡意袭来,他觉得有点冷。他解掉头巾,照照铜镜。我不知道他看到了什么,因为历史学家从没有描述过他的长相。我只知道他仿佛被没有发光的火焚烧似的,突然消失了,随之消失的是那座房屋,那处只闻其声、不见其形的喷泉,以及书籍,文稿,鸽子,许多黑头发的女奴,那个哆哆嗦嗦的红发女奴,法拉赫,阿布卡西姆,玫瑰树,也许还有瓜达尔基维尔河。

我在上面的故事里想叙述一次失败的过程。我首先想到的是那位企图证明上帝存在的坎特伯雷大主教；接着想到那些寻找点金石的炼金术士；又想到那些妄图三等分一个角和证明圆周是直线的数学家。最后，我认为更有诗意的是一个树立了目标，却不让自己去探索的作茧自缚的人。我想起了阿威罗伊，他把自己幽禁在伊斯兰教的圈子里，怎么也弄不明白"悲剧"和"喜剧"两个词的意义。我记叙这件事的时候，忽然有一种伯顿提到的神的感觉，那个神本想创造一头黄牛，却创造了一头水牛。我觉得自己遭到了作品的嘲弄。我认为那个丝毫不懂戏剧、却想了解剧本的阿威罗伊并不比我可笑，因为我只凭勒南、莱恩和阿辛·帕拉西奥斯[1]的片纸只字竟然要揣摩出阿威罗伊的情况。写到最后一页时，我觉得我写的东西象征着正在写的人，也就是我自己；为了写故事，我必须成为那个人；为了成为那个人，我又必须写故事，如此循环不已。（一旦我不再信他的时候，"阿威罗伊"也就消失了。）

---

[1] Mignel Asín Palacios（1871—1944），西班牙教士、阿拉伯语言文学学者，著有《〈神曲〉中的穆斯林冥世学》、《但丁和伊斯兰教》、《伊斯兰教的基督教化》等。

扎 伊 尔

在布宜诺斯艾利斯，扎伊尔是一种面值二十分的普通硬币。我那枚硬币一面有刀刻出来的 NT 两个字母和数字 2，反面刻着年份 1929。（十八世纪末，印度的古吉拉特邦，一头老虎叫扎伊尔；爪哇的梭罗清真寺前有个盲人被信徒们用石块砸死；波斯的纳迪尔国王下令把一个星盘扔进海底；一八九二年前后，马赫迪的监狱里，鲁道夫·卡尔·冯斯拉廷抚摩用头巾撕下的布条包着的小罗盘；据佐滕伯格说，科尔多瓦寺院的一千二百根大理石柱子中有一根的一条纹理叫扎伊尔；摩洛哥土得安的犹太人区里，有一口水井的井底叫扎伊尔。）今天是十一月十三日；六月七日凌晨，那枚扎伊尔到了我手里；今天的我已经不是当时的我了，但我还能记得，并且也许还能叙说发生的事情。我即使不那么完全,还是博尔赫斯。

六月六日,特奥德利纳·比利亚尔去世。一九三〇年左右,她的照片大量刊登在通俗杂志上;种种情况或许表明人们认为她长得很美,虽然并不是她所有的形象都支持这种假设。特奥德利纳·比利亚尔更关注的是完善,而不是美貌。希伯来人和中国人把人类的全部规范都整理出来,汇编成文字;《密西拿》[1]记载说,星期六从清晨开始,裁缝外出便不能带针;《礼记》说,客人接受第一杯酒时应该神态庄重,接受第二杯时,应该表示尊敬和高兴。特奥德利纳·比利亚尔的要求有相似之处,不过更加严格。她像孔子的门徒或者信守犹太教法典的人一样,每一件事都要做得完全正确,无可挑剔,但是她的努力更令人钦佩,更加生硬,因为她信奉的标准并非一成不变,而是随着巴黎或者好莱坞的新潮而转移的。特奥德利纳·比利亚尔总是在正统的地点、正统的时间,以正统的气质显出正统的厌烦,然而厌烦、气质、时间、地

---

[1] 犹太教律法书《塔木德》中的一部分。

点几乎立刻就会过时,(用特奥德利纳·比利亚尔的话来说)完全是矫揉造作。她像福楼拜一样追求绝对,但只是暂时的绝对。她洁身自好,然而内心不断地受到绝望的啮噬。她仿佛自我逃避似的,不断尝试改变自己的形象;她头发的颜色和发型变化多端是出了名的。她的音容笑貌和眼神顾盼也经常改变。从一九三二年起,她瘦了许多……战争使她思虑重重。德国人占领了巴黎,时装潮流由哪里领导呢?她始终不敢信任的一个外国佬居然以她的善意为好欺,卖给她一批圆柱形的帽子;第二年,听说巴黎根本没有出现过那种可笑的式样,其实算不上是帽子,只是异想天开的奇形怪状。福无双至,祸不单行;比利亚尔博士不得不迁居阿劳斯街,她女儿的肖像用在护肤霜和汽车的广告上。(她抹得厌烦的护肤霜和已经没有的汽车!)她知道她在艺术方面的发展需要机遇,便宁愿退下来。再说,同那些浅薄的黄毛丫头竞争让她伤心。阿劳斯街那套不祥的公寓房租也太高;六月六日,特奥德利纳·比利亚尔时乖运蹇地死于南区。老实说,当时我也受大多数阿根廷人赶时髦的虚荣心理所驱动,爱上了她,她的去世使我流泪。或许读者已经猜到了。

守灵时，我发现死者在败坏的过程中恢复了先前的面貌。六月六日夜里某个混乱的时刻，特奥德利纳·比利亚尔奇妙地成了二十年前的模样，骄傲、金钱、青春、自视甚高、缺少想象力、眼高手低和愚蠢糅合在一起的神气又浮现在她脸上。我模模糊糊地想道：这张使我激动万分的脸上的任何一种神情，都不会比目前这样使我难以忘怀；既然有过第一次，但愿永远如此。我离开了僵卧在花丛中的、由于死亡而显出完美的蔑视神情的她。我出来时大概已是凌晨两点。外面那些意料之中的一排排低矮的平房和两层的楼房在寂静和黑暗里显得格外空灵。我满怀悲天悯人的感觉，茫然走在街上。我看到智利街和塔夸里街拐角一家杂货铺还开着。不幸的是，铺子里有三个男人在玩纸牌。

所谓矛盾修饰法的修辞方法，是用一个貌似矛盾的性质形容词来修饰名词；相信神秘直觉的诺斯替教徒所说的暗光、炼金术士所说的黑太阳均属这一类。我见了特奥德利纳·比利亚尔最后一面后到外面铺子里喝上一杯，也是一种矛盾修饰法；我不由自主地做了这种失礼而顺便的事。（有人在打纸牌的情景更增加了反差。）我要了一杯橘子酒；找钱时给了我那枚扎伊尔;我瞅了一下;走到街上,也许有点发烧。我想,任何钱币都是历史和神话中那些无休无止地闪闪发光的钱币的象征。我想到卡隆[1]的银币;想到贝利撒留[2]乞讨的银币;犹大出卖耶稣得到的三十枚银币;名妓拉伊丝[3]的德拉克马;以弗所的长睡者之一拿出的古币;[4]《一千零一夜》里巫师的后来变成圆纸片的透亮的钱币;到处流浪的伊萨克·拉克登的用之不竭的迪纳里;菲尔杜西[5]退还了国王赏赐的六万银币,因为它们不是金的;亚哈[6]吩咐钉在

---

1 Charon,希腊神话中地狱冥湖上运送亡灵的渡船夫,家属在死者嘴里放小银币贿赂船夫。
2 Belisarius(505—565),又译贝利萨留斯,拜占庭王朝大将,被控阴谋弑君,家产没收。传说他给剜去双眼后,在君士坦丁堡行乞,袋子上写着"请给可怜的老贝利撒留一枚小银币"。
3 Lais,古希腊两个同名的美貌绝伦的妓女,雄辩家德摩斯底尼曾指出虽然拉伊丝要价一千德拉克马,狎客仍纷至沓来。
4 公元249至251年间,罗马皇帝德西奥残酷迫害基督徒,以弗所有七个青年避入岩洞,长睡三百零九年,《古兰经》说一条名叫卡特米的狗始终守护着他们。
5 Ferdowsi(940—1020),波斯诗人,著有史诗《王书》(又译《列王记》),长六万行。
6 美国作家梅尔维尔(Herman Melville,1819—1891)的长篇小说《白鲸》中的捕鲸船长,为报白鲸咬断他一条腿之仇,固执地追杀白鲸,把一枚金盎司钉在船桅上,奖励首先发现该鲸的水手。

船桅上的金盎司；利奥波德·布卢姆[1]的那枚不能翻转的弗洛林；以及在瓦伦附近暴露了逃亡的路易十六身份的那枚有头像的金路易。仿佛在梦中似的，我觉得钱币引起的这许多著名的联想虽然解释不清，但十分重要。我在街道和广场上走着，脚步愈来愈快，累得在一个拐角停下。我见到一溜老旧的铁栏杆，里面是康塞普西昂教堂的黑白两色细砖铺的院子。我不知不觉地绕了一个大圈子，又回到找给我那枚扎伊尔的杂货铺所在的街区。

我拐了弯，从远处望见街角黑灯瞎火，说明铺子已经关门。我在贝尔格拉诺街坐上一辆出租汽车。我毫无睡意，几乎有一种欢快感，心想世上唯有金钱才是最实实在在的东西，因为严格说来，任何钱币（比如说，一枚二十分的硬币）都包罗了未来的种种可能性。再说，钱又是抽象的东西，钱是未来的时间。可能是郊区的一个下午，可能是勃拉姆斯的音乐，可能是地图，可能是象棋，可能是咖啡，可能是爱比克

---

[1] 爱尔兰作家詹姆斯·乔伊斯（James Joyce，1882—1941）的长篇小说《尤利西斯》中的主人公。

泰德[1]教导要蔑视金子的名言；它是比法罗斯岛[2]的海神普洛透斯更为反复无常的普洛透斯。它是无法预见的时间，柏格森[3]的时间，不是伊斯兰教或者芝诺学派的僵硬的时间。宿命论者否认世上有什么可能的事情，也就是说，他们认为凡事皆有定数；一枚钱币象征的是我们的自由意志。（我不怀疑这些"思想"是反对扎伊尔的手段和它魔鬼般的影响的主要形式。）我苦苦思索后睡了，但梦见自己成了狮身鹰面怪兽守护下的钱币。

第二天，我确信自己前晚醉了。我还决定摆脱那枚使我深感不安的钱币。我看看它：除了一些划痕以外并没有什么特别。最好把它埋在花园地下或者藏在书房的旮旯里，但我要它离得远远的。那天早晨，我没有去大桥或公墓；我乘上地铁到宪法广场，再从宪法广场到圣胡安街和伯多街。我未

---

1 Epictetus（约55—约135），希腊哲学家，有禁欲主义思想，认为除自由和满足以外别无他求最为明智。
2 埃及亚历山大城对面的岛屿，岛上建有世界七大奇迹之一的法罗斯灯塔，高四百五十英尺，四十二英里外就能望见。
3 Henri-Louis Bergson（1859—1941），法国哲学家，有神秘主义和非理性主义倾向，认为在时间的长河中，过去和现在都与意识和记忆不可分。

经思考在乌尔基萨下了车;先往西再往南,故意拐弯抹角地在一条毫无特点的街上随便走进一家酒店,要了一杯酒,用那枚扎伊尔付了账。我本来戴着茶色镜片,再眯起眼睛,没有看门牌号码和街道名称。那晚,我吃了一片巴比妥,睡得很安稳。

六月底,我忙于写一篇幻想小说,其中有两三个哑谜般的词组——用"剑的水"代替"鲜血",用"蛇窝"代替"黄金"。用第一人称讲故事的人是个苦行僧,住在荒野,与世隔绝。(那地方叫尼塔黑德。)

由于他生活清苦俭朴,有人把他看作是天使;其实那是善意的夸张,因为没有过错的人是不存在的。远的且不去说,正是这个人杀了自己的父亲;而他父亲则是有名的巫师,用邪法敛聚了无数宝藏,花了毕生的时间,日夜守护着宝藏,防止贪婪的人们疯狂争夺。不久后,也许太快了,守护不得不中断:他的星辰告诉他说,斩断守护的宝剑已经铸成。那把剑的名字叫格拉姆[1]。故事以越来越曲折

---

[1] 北欧传说《伏尔松萨迦》中主神奥丁刺入树干的宝剑,被伏尔松之子齐格蒙德拔出。

的笔调赞美了剑的光亮和坚韧；其中一段还漫不经心地提到鳞甲；另一段则说他守护的宝藏是闪闪发光的金子和红色的指环。我们最后才明白，苦行僧是一条名叫法夫尼尔[1]的龙，守护的是尼伯龙人的宝藏。西古尔德的出场使故事戛然而止。

刚才说过，我写那篇无聊的东西时（其中还卖弄学问地插进《法夫尼尔之歌》的一些诗句），暂时忘了那枚钱币。有几晚，我十拿九稳地认为能把它忘掉，却不由自主地又想起了它。可以肯定的是，我糟蹋了那些时间，开头要比收尾难。我徒劳地重复说那枚可恨的镍币和手手相传的无数一模一样的别的镍币没有区别。在那种念头的驱使下，我试图把思想转移到别的钱币上去，但也不成。我用智利的五分和十分钱币以及乌拉圭的铜币做实验都失败了。六月十六日，我弄到一枚英镑；白天没有瞧，那天（和以后几天）晚上，在强力的电灯光下用放大镜仔细观察，随后又把它放在一张纸底下，

---

[1] 《伏尔松萨迦》中守护宝藏的恶龙，为齐格蒙德之子、伏尔松最后的后裔西古尔德所杀。西古尔德即日耳曼英雄史诗《尼伯龙根之歌》中的齐格弗里德。

用铅笔拓出来。闪电、龙和圣乔治[1]的形象对我都不起作用，我无法改变固定的念头。

八月份，我决定去看心理医生。我没有向他和盘托出我可笑的故事；只说我受到失眠的困扰，脑子里老是浮现任何一件物品，比如说一个筹码或者一枚钱币的模样……不久后，我在萨缅托街的一家书店发现一册朱利乌斯·巴拉赫汇编的《扎伊尔传说发展史有关文献》（布雷斯劳，一八九九年）。

那本书里指出了我的病根。作者在前言里说，他"试图把全部涉及扎伊尔的迷信的文献收集在一卷便于阅读的大八开本的书里，包括属于哈比希特档案的四篇文章和菲利普·梅多斯·泰勒报告的原稿"。似乎早在十八世纪伊斯兰教就相信扎伊尔一说。（巴拉赫驳斥了佐滕伯格认定是阿布菲达写的文字。）"扎伊尔"一词在阿拉伯文里是"显而易见"的意思；也就是神的九十九个名字之一；在伊斯兰国家里是指

---

[1] Saint George（约280—303），罗马骑兵军官，因阻止对基督徒的迫害被杀，为天主教著名的圣人。传说他杀死利比亚西伦湖中的恶龙，救出了公主。12世纪十字军第三次东征时，英王理查一世率军在圣乔治屠龙地附近的一次战斗中大胜，从此圣乔治被视为英国的守护圣人。

那些"具有令人难以忘怀的特点的人或物,其形象最后能使人发疯"。第一个不容置疑的证词是波斯人卢特弗·阿里·阿祖尔作出的。在一部名为《火庙》的传记百科全书里,那个学贯古今的托钵僧叙说设拉子的一所学校里有一个铜制的星盘,"谁看了一眼后就不想任何别的东西,于是国王吩咐把它扔到海底,以免人们连宇宙都忘了"。曾在海得拉巴任土司幕僚、写过著名小说《杀手忏悔录》的梅多斯·泰勒的报告更为详尽。一八三二年前后,泰勒在布季城郊听到一种奇怪的说法:说谁"看到了老虎",就是说那人疯了或者成了圣人。人们指的是一头有魔法的老虎,见到它的人,不论相距多么远,统统都完蛋,因为他从此以后到死为止除了那头虎以外什么都不想了。据说有一个倒霉的人逃到迈索尔,在一座宫殿里画虎。几年后,泰勒参观那个邦的监狱;总督带他看尼特胡尔监狱的一间囚室,地上、墙上和顶上是一个穆斯林托钵僧画的虎(色彩非但没有由于年代久远而消退,反而更加鲜艳)。那头老虎由无数虎组成,叫人看了眼花缭乱;虎皮的花纹里有许多小虎,甚至海洋、喜马拉雅山和军队仿佛也是虎形构成。画家多年前死在这个囚室;据说他来自信德或者古吉拉特，当初打算画一幅世界地图。至今仍有那幅庞大的作品的痕迹。泰勒把这件事告诉威廉堡的穆哈默德·阿尔·耶梅尼时，他对泰勒说，世上没有不偏爱扎希尔[1]的生物，但是仁慈的主不允许两个扎希尔同时存在，因为一个就能倾倒众生了。他还说，古往今来只有一个扎希尔，愚昧时代的扎希尔是名叫叶欧格的偶像，后来是一个来自乔拉桑的蒙着石珠缀成的面幕或者戴着金面具的先知。[2] 他又说神是神秘莫测的。

我把巴拉赫的专著看了好多遍，却琢磨不出自己有什么感受；只记得当我明白什么都救不了我时，我感到绝望；当我知道我的不幸不能由自己负责时，又感到宽慰；那些人的扎伊尔不是一枚钱币而是一块大理石或者一只老虎，让我妒忌。我认为不去想老虎该是何等容易的事。我还记得我看到这段话时感到特别不安："《古尔珊》的一个评论家说，看到

---

[1] 泰勒写的原文如此。——原注
[2] 巴拉赫指出叶欧格见于《古兰经》（第七十一章第二十三节），先知是阿尔·莫坎纳（蒙面者），除了语出惊人的记者菲利普·梅多斯·泰勒以外，谁也没有把他们同扎伊尔联系起来。——原注

扎伊尔后很快就能看到玫瑰,他还援引了阿塔尔的《阿丝拉尔·那玛》(《未知事物之书》)里的一句诗:扎伊尔是玫瑰的影子和面幕的裂缝。"

为特奥德利纳守灵的那个晚上,我没有见到她的妹妹,阿瓦斯卡尔夫人,感到奇怪。十月份,她的一个朋友对我说:

"可怜的胡利塔,她变得古怪极了,已送进了博什医院。护士们喂她吃饭被她折腾得够呛。她念念不忘那枚钱币,说它和莫雷纳·萨克曼的汽车司机一模一样。"

时间冲淡了记忆,却加深了扎伊尔的印象。以前我想象它的正面,后来是反面;如今我两面都看到了。不是说那枚扎伊尔仿佛是透明的,两面并不重叠;而是景象似乎成了球形,扎伊尔出现在球中央。我看到一个不是扎伊尔的透明而遥远的形象:特奥德利纳的轻蔑的模样,肉体的痛苦。丁尼生[1]说过,假如我们能了解一朵花,我们就知道

---

[1] Alfred Tennyson(1809—1892),英国桂冠诗人,重视诗的形式的完美,辞藻绮丽,音调铿锵,名篇有《食荷花人》、《尤利西斯》、《国王叙事诗》、《伊诺克·阿登》等。

我们是些什么人，世界是什么了。他或许想说，事物不论多么细微，都涉及宇宙的历史及其无穷的因果关系。他或许想说，可见的世界每一个形象都是完整的，正如叔本华所说，每个人的意志都是完整的。神秘哲学家认为人是微观宇宙，是宇宙的一面象征性的镜子；按照丁尼生的说法，一切事物都如此。一切事物，甚至那枚令人难以容忍的扎伊尔。

一九四八年前，胡利塔的命运也可能落到我身上。人们不得不喂我吃饭，帮我穿衣，我分不清下午和早晨，我不知道博尔赫斯是何许人。把那种前景说成可怖是虚假的，因为它的任何一种情况对我都不起作用。正如说一个上了麻醉接受开颅手术的病人的疼痛十分可怕一样。在那种情况下，我根本不能感知宇宙，不能感知扎伊尔。唯心主义者说，浮生如梦，"生"和"梦"严格说来是同一个词；我将从千百个表面现象归为一个表面现象，从一个极其复杂的梦归为一个十分简单的梦。别人也许会梦见我发了疯，而我却梦见扎伊尔，当世界上所有的人日日夜夜都在想扎伊尔，那么哪个是梦，哪个是现实，是世界还是扎伊尔？

在阒寂的夜晚，我仍能在街上行走。拂晓时分，我往往坐在加来伊广场的长凳上思考（试图思考）《阿丝拉尔·那玛》里那段关于扎伊尔是玫瑰的影子和面幕的裂缝的话。我把那种见解和下面的说法联系起来：为了和神融为一体，泛神论神秘主义者一再重复他们自己的名字或者神的九十九个名字，直到那些名字没有任何意义为止。我渴望走上那条路。也许我由于反复思考，终于会花掉那枚扎伊尔；也许上帝就在那枚钱币后面。

献给沃利·岑纳

神 的 文 字

石牢很深；几乎是完美的半球形，地面也是石砌，面积比球体最大的截面稍小一些，因而加深了压抑和空旷感。半球中间有一堵墙；虽然极高，还没有砌到圆形拱顶；墙的一边是我，齐那坎，也就是佩德罗·德·阿尔瓦拉多[1]焚毁的卡霍隆金字塔的巫师；另一边是头美洲豹，它悄悄地、不紧不慢地踱来踱去，消磨囚禁生活的时间和空间。中央隔墙靠近地面处有一道铁栅长窗。中午太阳直射时，牢顶打开一扇门，一个被岁月遗忘的狱卒摆弄铁滑车，用绳索给我们垂下水罐和肉块。光线射进圆拱顶，在那一刻我才能看到美洲豹。

我躺在暗处已经记不清有多少年了；我以前年纪还轻，可以在牢里踱步，如今离死不远，干等神道为我安排的下场。

以前我用燧石制的长刀剜开牺牲者的胸膛，如今失去法力，从尘埃地上爬起来都做不到。

金字塔焚毁的前夕，那些从高头大马上下来的人用烧红的金属烙我，逼我说出宝藏埋藏的地点。他们当着我的面打碎了神像，但是神没有抛弃我，我虽受酷刑折磨，仍一言不发。他们把我搞得遍体鳞伤，不成人形，我苏醒过来时已经躺在这个石牢里，休想活着出去了。

我必须做些什么，想办法打发时间，于是我在黑暗中试着回忆我所知道的一切。我整夜不睡使劲回忆石头纹理的次序和数目，或者一株有药效的树的形状。我就用这种方式来抗拒年月，逐渐恢复了我原先的功力。一晚，我觉得自己接近了清晰的回忆；旅行者在望见海洋之前就已感到自己血液里的激动。几小时后，我开始眺望到记忆中的事情；那是神的传统之一。神预见到天地终极时将会发生许多灾难和毁灭，

---

1 Pedro de Alvarado（1485—1541），西班牙军人，征服者埃尔南·科尔特斯的副手。科尔特斯攻克墨西哥特诺奇蒂特兰（墨西哥城）后去外地作战，委托阿尔瓦拉多留守，阿尔瓦拉多残暴屠杀阿兹特克土著，激起反抗，西班牙殖民军大败，曾被迫撤出该城。

于是他在混沌初开的第一天写下一句能够防止不幸的有魔力的句子。他之所以写下来是为了让它流传到最遥远的后代，不至泯灭。谁都不知道他写在什么地方，用什么字母，但是我们知道那句话一直秘密地存在，将由一个被神选中的人看到。我认为我们一直处于天地终极的时期，我作为神的最后一名祭师，将会获得直觉那些文字的特权。我身陷石牢的事实阻止不了我存这一希望；也许我千百次看过卡霍隆的铭文，只是还不理解而已。

这个想法使我精神一振，接着使我产生了近乎眩晕的感觉。世界范围内有古老的、不会毁坏的、永恒的形式，其中任一个都可能是寻求的象征。一座山、一条河、一个帝国、星辰的形状都可能是神的话语。但是在世纪的过程中，山岭会夷平，河流往往改道，帝国遭到变故和破坏，星辰改变形状。苍穹也有变迁。山和星辰是个体，个体是会衰变的。我寻找某些更坚忍不拔、更不受损害的东西。我想到谷物、牧草、禽鸟和人的世世代代。也许我的脸上记录着魔法，也许我自己就是我寻找的目标。我正苦苦思索时，忽然想到美洲豹就是神的特点之一。

我心里顿时充满虔敬之情。我设想混沌初开的第一天早晨的情景，设想我的神把信息传递给虎豹的鲜艳的毛皮，虎豹在岩洞里、芦苇丛中、岛上交配繁衍，生生不息，以便和最后的人类共存。我设想那虎豹织成的网和热的迷宫，给草原和牲畜群带来恐怖，以便保存一种花纹图案。石牢的另一边有头美洲豹；近在咫尺的我发觉我的推测得到证实，我得到了秘密的恩惠。

我用了漫长的年月研究花纹的次序和形状。每个黑暗的日子只有片刻亮光，但我一点一点地记住了黄色毛皮上黑色花纹的形状。有的花纹包含斑点，另一些形成腿脚内侧的横道，再有一些环形花纹重复出现。也许它们代表同一种语音或同一个词。不少花纹有红色边缘。

我工作的劳累一言难尽。我不止一次地朝圆拱顶大喊，破译那篇文章是不可能的。盘踞我心头的具体的谜逐渐失去了它的神秘，更困扰我的是神写的一句话的共性的谜。我自问，一个绝对的心理会写出什么样的句子呢？我想，即使在人类的语言里，没有不牵涉到整个宇宙的命题；说起"老虎"这个词就是说生它的老虎，它吞食的鹿和乌龟，鹿觅食的草地,草地之母的地球,给地球光亮的天空。我想在神的语言里,任何一个词都阐述了一串无穷的事实,阐述的方式不是含蓄的,而是直言不讳的;不是循序渐进,而是开门见山。时间一久,我觉得神的一句话的概念有点幼稚或者亵渎。我认为神只应讲一个词,而这个词应兼容并包。神说出的任何词不能次于宇宙,少于时间的总和。这个词等于一种语言和语言包含的一切,人们狂妄而又贫乏的词,诸如整体、世界、宇宙等等都是这个词的影子或表象。

有一天或者一晚——在我的日日夜夜中,白天或晚上有什么区别?——我梦见石牢的地上有一粒沙子。我又漠然睡去,梦见自己醒来,地上有两粒沙子。我再次入睡,梦见沙粒的数目是三。沙子就这样倍增,充斥石牢,我在半球形的沙堆下死去。我明白自己是在做梦:我使尽全力让自己醒来。醒来也没用,无数的沙粒压得我透不过气。有人对我说:"你的醒并不是回到不眠状态,而是回到先前一个梦。一梦套一梦,直至无穷,正像是沙粒的数目。你将走的回头路没完没了,等你真正清醒时你已经死了。"

我觉得自己完蛋了。沙子压破了我的嘴,但我还是嚷道:

"我梦见的沙子不能置我于死地,也没有套在梦里的梦。"一片亮光使我醒来。上方的黑暗里有一圈光线。我看到狱卒的脸和手、滑车、绳索、肉和水罐。

人会逐渐同他的遭遇混为一体;从长远来说,人也就是他的处境。我与其说是一个识天意的人或复仇者,与其说是神的祭师,不如说是一个束手无策的囚徒。我每次从无休无止的梦的迷宫中醒来,就像回家似的回到严峻的石牢。我祝福牢里的潮湿、老虎、光洞,祝福我疼痛的老骨头,祝福黑暗和石头。

接着发生了我既忘不掉也不能言宣的事。发生了我同神、同宇宙的结合(我不知道这两个词有没有区别)。心醉神迷的感觉无法复述它的象征;有人在光亮中见到神,有人在剑或一朵玫瑰花中见到神。我见到的是一个极高的轮子,不在我的前后左右,而是同时在所有的地方。那个轮子是水,但也是火,虽然有边缘,却是无穷尽的。它由一切将来、现在、过去的事物交织组成,我则是这块巨大织物中的一缕,而折磨我的佩德罗·德·阿尔瓦拉多是另一缕。一切因果都在这里,我看到那个轮子什么都明白了。啊,领悟的幸福远远超过想象或感觉!我看到了宇宙和宇宙隐秘的意图。我看到了圣书记述的万物的起源。我看到水中涌出的山岳,看到最早的木头人,看到朝人们罩来的大瓮,看到撕碎人们脸的狗。我看到众神背后那个没有面目的神。我看到形成幸福的无限过程,一切都明白之后,我也明白了虎纹文字的含义。

那是一个由十四组偶然(看来偶然)的字凑成的口诀,我只要大声念出口诀就无所不能。我只要念出来就能摧毁这座石牢,让白天进入我的黑夜,我就能返老还童,长生不死,就能让老虎撕碎阿尔瓦拉多,就能用圣刀刺进西班牙人的胸膛,重建金字塔,重建帝国。四十个字母,十四组字,我,齐那坎,就能统治莫克特苏马[1]统治过的国度。但是我知道我永远念不出这些字,因为我记不起齐那坎了。

让写在虎皮上的神秘和我一起消亡吧。见过宇宙、见过宇宙鲜明意图的人,不会考虑到一个人和他微不足道的幸

---

[1] 指莫克特苏马二世(Moctezuma Ⅱ,1466—1520),墨西哥阿兹特克帝国皇帝,在位期间通过征战扩大了治下的版图。1519年,西班牙征服者埃尔南·科尔特斯到墨西哥,莫克特苏马二世投降,当了傀儡。1520年,阿兹特克人起义反抗西班牙殖民者,莫克特苏马被乱石砸伤而死。

和灾难,尽管那个人就是他自己。那个人曾经是他,但现在无关紧要了。他现在什么都不是,那另一个人的命运,那另一个人的国家对他又有什么意义呢?因此,我不念出那句口诀;因此,我躺在暗地里,让岁月把我忘记。

献给埃玛·里索·普拉特罗

死于自己的迷宫的
阿本哈坎-艾尔-波哈里

……譬如蜘蛛造屋……

《古兰经》：第二十九章第四十节[1]

"这是我先辈的土地，"邓拉文一挥手说。他那豁达的手势不排斥朦胧的星辰，包括了黑沉沉的荒原、海洋和一座宏伟而破败得像是荒废马厩的建筑。

他的同伴昂温把嘴里咬着的烟斗取下来，谦恭地发出一些表示赞赏的声音。那是一九一四年初夏的一个下午，两个朋友对没有危险的尊严感的世界感到无聊，眺望着康沃尔[2]这片荒山野岭。邓拉文留着黑黢黢的胡子，据说写过一部长篇史诗，和他同时代的人几乎琢磨不出用的是什么格律，并且还领悟不到主题思想；昂温发表过一篇论文，探讨费马[3]没有写在丢番图[4]书页边白上的一条定理。两个人——还用我说吗？——都很年轻，心不在焉，感情用事。

"那是二十五年前的事了，"邓拉文说。"阿本哈坎－艾尔－波哈里，尼罗河流域不知哪个部落的首领或国王，在那幢建筑的中央房间里死于他表兄萨伊德之手。过了这么多年，他死亡的情况仍然不明不白。"

昂温顺从地问什么原因。

"原因有好几个，"邓拉文回说。"首先，那幢房子是座迷宫。其次，有个奴隶和一头狮子看守房子。第三，一笔秘密宝藏失踪了。第四，暗杀发生时，凶手早已死了。第五……"

---

1 在马坚译《古兰经》中为第二十九章第四十一节。
2 英格兰西南部的半岛。
3 Pierre de Fermat（1601—1665），法国数学家。
4 Diophantus（约215—299），古希腊数学家，有"代数之父"之称。费马在研读他的著作《算术》时，在书页旁写下了著名的数论难题费马猜想，即后来历经三百多年才最终被证明的费马大定理。

昂温听烦了，打断了他的话。

"别说得神乎其神，"昂温说。"应该是很简单的事。你想想坡[1]的被窃的信件，赞格威尔[2]的上锁的房间。"

"或许是复杂的事情，"邓拉文回说。"你得想想宇宙。"

他们爬上陡峭的沙丘，来到迷宫前面。走近一看，迷宫像是一道笔直的、几乎没有尽头的砖墙，粉刷剥落，只有一人多高。邓拉文说围墙是圆周形，但是面积太大，曲度察觉不出来。昂温想起尼古拉斯·德·库萨[3]说过，直线都是一个无限大的圆周的弧……午夜时，他们找到一扇破败的门，里面是一个堵塞的、危险的门厅。邓拉文说房子里有许许多多交叉的走廊，但是只要一直顺左手拐弯，一个多小时后就可以走到迷宫的中心。昂温听从了。小心翼翼的步子在石板地上引起了回声，走廊分岔为更狭窄的巷道。房子似乎使他们窒息，屋顶很低。由于黑影憧憧，两人不得不一前一后行走。

---

1 坡，即美国作家、诗人爱伦·坡，《被窃的信件》是他的一个短篇小说。
2 Israel Zangwill（1864—1926），犹太裔英国小说家、剧作家，著有一系列题为《上锁的房间》的神秘故事。
3 Nicolas de Cusa（1401—1464），德国主教、哲学家，著有《论博学的无知》。

昂温走在前头。地面坎坷不平,巷道转弯抹角,看不清的墙壁没完没了地朝他们涌来。昂温在幽暗中慢慢摸索,听他的朋友叙说阿本哈坎死亡的经过。

"我记忆中最早的一件事,"邓拉文说,"也许是在彭特里思港口见到阿本哈坎-艾尔-波哈里的情景。一个黑人和一头狮子跟着他;除了在圣书插图上见过之外,那是我第一次见到的黑人和狮子。我那时年纪很小,像阳光般金光闪亮的猛兽和像夜晚一般黢黑的人固然叫我诧异,更使我吃惊的是阿本哈坎本人。我印象中他十分高大;皮肤呈青黄色,黑眼睛半睁半闭,鼻子大得出奇,嘴唇肥厚,胡子橘黄色,胸部宽阔壮实,步子走得很稳,不发出声息。我回家后说:'有位国王乘船来到了。'后来,泥水匠们施工建房时,我扩大了那个称号,管他叫作巴别国王[1]。

"外地人将在彭特里思港定居的消息受到欢迎,他房子的面积和形状却引起惊愕和非议。一幢房只有一间屋,却有无穷无尽的走廊,实在难以容忍。'摩尔人可以住这种房子,在

---

[1] 古巴比伦人曾想在示拿平原建造一座城和一座通天塔,上帝怒其狂妄,变乱了他们的口音,使其建造不成。事见《圣经·旧约·创世记》第十一章。

基督徒中间却不行。'人们议论说。我们的教区牧师阿拉比先生看过不少稀奇古怪的书，找到一个营造迷宫遭到天谴的国王的故事，在传道时宣讲。第二天是星期一，阿本哈坎造访了教堂；短暂会晤的情况当时无人知晓，但是以后传道中再也不提那种狂妄的行径，摩尔人终于能雇到泥水匠替他干活。几年后，阿本哈坎已死，阿拉比向当局透露了那次会谈的主要内容。

"阿本哈坎当时站着对牧师说了一番话，是这样的：'谁都不能指摘我现在所做的事。我的罪孽深重，即使我把神的名字念几个世纪也不足以减轻我的痛苦于万一；我的罪孽深重，即使我现在用这双手杀了你也不至于加重无极的公理让我遭受的痛苦。别的地方不知道我的名字：我叫阿本哈坎-艾尔-波哈里，我用铁的权杖统治过沙漠的部落。我靠我表弟萨伊德的辅佐多年来一直剥夺那些部落的财富，但是上天听取了他们的祈求，容忍了他们造反。我手下的人被打败杀死，我带了多年剥削收敛的宝藏逃了出来。萨伊德领我到一座石山脚下的一个圣徒坟墓。我吩咐我的奴隶监视沙漠，萨伊德和我太累了，便睡觉休息。那天夜里，我觉得有无数条蛇像网一样缠住了我。我吓醒了;天色微明,萨伊德还睡在我旁边;一张蜘蛛网擦在我身上,使我做了那个噩梦。萨伊德是个胆小鬼,睡得这么沉,真叫我痛心。我暗暗盘算,宝藏有限,他很可能要求分一部分。我腰际别着一把银柄的匕首,我拔了出来,割断了他的喉咙。他垂死时含含混混说了什么话,我没听清。我瞅着他,见他已死,但怕他还会坐起来,便吩咐奴隶用一块大石头砸烂了他的脸。然后我们在旷野里漫无目的地走着,终于望见了海洋。洋面上有大船行驶,我想死人是渡不过水的,便决定漂洋过海,到别的地方去。我们航行的第一夜,我梦见自己杀死萨伊德的情景。一切重演了一遍,不同的是我听明白他说的话。他是这么说的:'无论你到什么地方,我要抹掉你,正如你现在抹掉我的脸一样。'我发誓要挫败他的恫吓,因此我要躲在一座迷宫的中心,让他的鬼魂找不到我。'

"他说完之后就走了。阿拉比先以为摩尔人是个疯子,那荒唐的迷宫正是他疯狂的象征和清楚的证明。后来他想摩尔人的解释符合离奇的建筑和离奇的故事,但和阿本哈坎其人强壮的模样对不上号。这类事情也许在埃及沙漠里是习以为常的,这类怪事(如同普林尼记载的毒龙)是一种文化而不是一个人的特点……阿拉比在伦敦查阅了旧《泰晤士报》,证实确有造反的报道,波哈里和他以怯懦出名的大臣确实出逃。

"泥水匠们完工后,阿本哈坎便住在迷宫中央。城里再也没有见到他,阿拉比有时担心萨伊德已经找上门来消灭了他。月黑风高之夜,时常传来狮子的吼声,圈里的羊出于古老的恐惧互相偎依得更紧。

"小海湾里经常有来自东方港口的船舶驶往加的夫或布里斯托尔[1]。阿本哈坎的奴隶经常从迷宫里出来(我想起当时迷宫粉刷的颜色不是浅红而是大红),同船员们用非洲语言交谈,仿佛在船员中间寻找大臣的幽灵。谁都知道那些船只夹带走私货,既然能带禁运的酒和象牙,为什么不可能带死者的鬼魂呢?

"房子建成之后的第三年,沙伦玫瑰号在小山脚下停泊。我没有亲眼看到那艘帆船,它在我心目中的形象或许受了古

---

[1] 加的夫和布里斯托尔,均为英国西南部港口城市。

老的阿布基尔[1]或者特拉法尔加[2]石版画的影响，我知道它准是那种做工讲究的船只，不像是造船厂所建，而像是木工或者是细木工匠的产品。它给打磨得精光锃亮，乌黑的颜色，行驶平稳迅疾（即使实际上不是这样的，至少我想象如此），船员多是阿拉伯人和马来亚人。

"沙伦玫瑰号是十月份的一天拂晓下碇的。傍晚，阿本哈坎冲进阿拉比家。他吓得面无人色，结结巴巴地说萨伊德进了迷宫，他的奴隶和狮子均已丧生。他一本正经地问当局能不能保护他。阿拉比还没有回答，他像进来时那样吓得失魂落魄地跑了出去，这是他第二次，也是最后一次来阿拉比家。当时阿拉比一个人在书房，惊愕地想那个胆小的人居然在苏丹镇压过剽悍的部落，居然算是身经百战、杀人如麻的人。第二天，他听说帆船已经起航（后来知道是驶往红海的苏亚金）。他想他有责任去核实奴隶的死亡，便去迷宫。波哈里当时上气不接下气叙说的事情虽然令人难以置信，但他在巷道

---

[1] 埃及地中海沿岸城镇，1798年纳尔逊指挥的英国舰队在此海域打败法国舰队。
[2] 直布罗陀西北西班牙的海峡，1805年纳尔逊指挥的英国舰队在此海域打败法国和西班牙的联合舰队。

的一个转角发现了狮子，狮子已经死了，在另一个转角发现了奴隶，奴隶已经死了，在中央房间里发现了波哈里，波哈里的脸被砸烂了。那人的脚边有一个螺钿镶嵌的箱子，锁已被撬开，里面空空如也。"

最后几句话一再停顿，想加重演说效果；昂温猜测邓拉文已说过多次，每次都故作镇静，但每次都反应冷淡。他假装感兴趣地问道：

"狮子和奴隶是怎样死的？"

那个无法矫正的声音阴郁而满意地说：

"脸也被砸烂了。"

脚步声之外又添了雨声。昂温心想，看来他们要在迷宫，要在故事所说的中央房间里过夜了，漫漫长夜的不舒适以后回忆起来倒有冒险的乐趣。他不做声，邓拉文按捺不住，像讨债似的问道：

"你说这个故事是不是不好解释？"

昂温仿佛自言自语地回答说：

"我不知道是不是好解释。我只知道是杜撰。"

邓拉文突然骂出脏话，说是牧师的大儿子（阿拉比大概已去世）和彭特里思的居民都可以作证。昂温惊讶的程度不下于邓拉文，赶紧道歉。黑暗中时间似乎过得更慢，正当两人担心走岔了路、非常疲倦时，一丝微弱的顶光照亮了一道狭窄楼梯的最初几级。他们顺着梯级上去，来到一间破败的圆形屋子。两个迹象继续表明那个倒霉的国王的恐惧：一扇狭窄的窗子朝着荒野和海洋，弧形的楼梯上有个陷阱。房间虽然很宽敞，却很像牢房。

一方面由于下雨，另一方面更由于想体验一下故事里的生活，两个朋友在迷宫里过夜。数学家睡得很踏实，诗人却不能入眠，他认为糟糕透顶的两句歪诗一直在脑海里盘旋：

> 凶猛吓人的狮子面目不清，
> 　遭难的奴隶和国王颜面无存。

昂温认为他对波哈里之死的故事不感兴趣，但他醒来时深信自己已经解开了谜。他整天心事重重，独自翻来覆去地想理顺线索，两晚后，他邀邓拉文到伦敦的一家啤酒馆，说了如下一番话：

"我在康沃尔说你讲的故事是杜撰。事情是确实的，或者可能是确实的，但是照你的叙说方式叙述，显然成了杜撰。我先从最不可信的一点，也就是那个迷宫说起。一个逃亡的人不会躲在迷宫里。他不会在海岸高地建造一座迷宫，一座水手们从老远就能望见的红色的迷宫。世界本来就是迷宫，没有必要再建一座。

"真想躲起来的人，伦敦对他来说就是一座极好的迷宫，没有必要造一座条条走廊通向瞭望塔的建筑。我现在告诉你的明智的见解，是前天晚上我们听着迷宫屋顶的雨声，没有入眠时我领悟出来的；这个见解使我豁然开朗，于是把你的无稽之谈抛在一边，作些认真有益的思考。"

"根据基数理论，比如说，或者根据空间的第四维度，"邓拉文评论说。

"不，"昂温严肃地说。"我想的是克里特岛上的迷宫。迷宫中央关着牛头人身怪。"

邓拉文看过不少侦破小说，认为谜的答案始终比谜本身乏味。谜具有超自然甚至神奇之处，答案只是玩弄手法。他为了拖延不可避免的答案，说道：

"徽章和雕塑上的牛头怪长着一颗牛头。但丁的想象却是牛身人头。"

"那种说法对我也适用，"昂温同意说。"重要的是怪异的房子要同怪异的住户相称。牛头怪证实迷宫存在的合理性。但是谁都不会说由于梦中遭到恫吓而营造迷宫是合情合理的。想起牛头怪的形象（尤其在有迷宫的情况下），问题就迎刃而解。但是我得承认，最初我并不知道那古老的牛头怪形象是关键，幸亏你的故事提供了一个更精确的象征：蜘蛛网。"

"蜘蛛网？"邓拉文困惑地应声说。

"对。最使我感到惊奇的是蜘蛛网（蜘蛛网的普遍形式，要明白，也就是柏拉图的蜘蛛网）向凶手（因为有一个凶手）暗示了他的罪行。你记得艾尔－波哈里在圣徒的坟墓里梦到一张蛇缠成的网，醒来后发现是一张蜘蛛网诱发了他的梦境。我们不妨回忆一下艾尔－波哈里梦见网的情景。被打败的国王、他的大臣和奴隶带着宝藏逃往沙漠。他们在坟墓中藏身。大臣睡着了，我们知道大臣是胆小鬼；国王没有睡，我们知道国王是勇敢的人。国王为了不分宝藏给大臣，一刀捅死了他；几夜后，他的鬼魂恫吓国王。这一切都不可信，我认为事实正好相反。那晚入睡的是勇敢的国王，睡不着的是胆小的萨伊德。睡觉是把宇宙抛在脑后，对于一个明知有人拔剑出鞘在追逐他的人说来，这是不容易做到的。贪婪的萨伊德俯身望着熟睡的国王。他想杀死国王（也许那时他手里已经握着匕首），但又不敢。他便叫来奴隶，把一部分宝藏隐匿在坟墓里，然后两人逃往苏亚金和英国。他建了一座从海上可以望见的高大的红墙迷宫，不是为了躲避波哈里，而是为了引他前来，把他杀死。他知道过往船只会把有关一个青黄色皮肤的人、奴隶和狮子的消息传到努比亚[1]各港口，波哈里迟早会来迷宫找他。在那蜘蛛网般的迷宫里，最后的巷道布置了一个陷阱。波哈里天不怕，地不怕，不屑于采取任何提防。盼望的一天终于来到；阿本哈坎在英国上岸，走到迷宫门口，闯过纵横交错的巷道，也许已经踏上最初几级楼梯，这时他的大臣从陷阱里可能一枪打死了他。奴隶杀死了狮子，另一颗枪弹杀死了奴隶。然后萨伊德用石块

---

[1] 东北非古代地名，古埃及人对苏丹的称呼，包括今苏丹北部和埃及南部。

砸烂了三张脸。他不得不这样干;一具面目模糊的尸体会引起验明正身的问题;但是狮子、黑人和国王形成一个整体,前两项已经得出,最后一项就确定了。他和阿拉比说话时惊恐的模样并不奇怪,因为他刚干完那可怕的勾当,准备逃出英国去收回宝藏。"

昂温说完后是一阵沉思或者怀疑的静默。邓拉文再要了一杯啤酒,然后发表意见。

"我接受阿本哈坎就是萨伊德的说法,"他说。"你会说这类变形是侦破小说的典型手法,是读者要求遵循的惯例。我难以接受的是你猜测有一部分宝藏留在苏丹。要记住萨伊德是在逃避国王和国王的仇敌,设想他偷走全部宝藏,比磨磨蹭蹭埋掉一部分更合乎情理。也许已不剩下钱币,这笔财富和尼伯龙人的红金不同,不是取之不尽的,早给泥水匠们领完了。这样,我们可以假设阿本哈坎漂洋过海,前来要求收回被挥霍花掉的宝藏。"

"不是挥霍,"昂温说。"而是投资在异教徒的国度,营造一座圆形的砖砌大陷阱,以便捕捉他,消灭他。如果你的猜测正确,萨伊德的动机不是贪婪,而是憎恨、恐惧。他偷盗了宝藏,又领悟到对他来说宝藏不是主要的。主要的是消灭阿本哈坎。他伪装阿本哈坎,杀了阿本哈坎,终于成了阿本哈坎。"

"不错,"邓拉文同意说。"他是个流浪汉,在默默无闻地死去之前,总有一天会想起自己曾是国王,或者伪装过国王。"

两位国王和两个迷宫 *

据可靠人士说（当然，真主知道得更多），远古时巴比伦岛有位国王，他召集手下的建筑师和巫师，吩咐他们营造一座复杂奥妙的迷宫，建成后，最精明的人都不敢冒险进去，进去的人都迷途难返。这项工程引起了轰动，因为它的诡异迷离人间绝无仅有，只能出于神道之手。以后，一位阿拉伯国王前来谒见，巴比伦国王（为了嘲弄憨厚的客人）把他骗进迷宫，阿拉伯国王晕头转向，狼狈不堪，天快黑时还走不出来。于是他祈求上苍，找到了出口。他毫无怨言，只对巴比伦国王说，他在阿拉伯也有一座迷宫，如蒙天恩，有朝一日可以请巴比伦国王参观。他回到阿拉伯之后，纠集了手下的首领头目，大举进犯巴比伦各地，势如破竹，攻克城堡，击溃军队，连国王本人也被俘获。他把巴比伦国王捆绑住，放在一头快骆驼背上，带到沙漠。他们赶了三天路程之后，他对巴比伦国王说："啊，时间之王，世纪的精华和大成！你在巴比伦想把我困死在一座有无数梯级、门户和墙壁的青铜迷宫里；如今蒙万能的上苍开恩，让我给你看看我的迷宫，这里没有梯级要爬，没有门可开，没有累人的长廊，也没有堵住路的墙垣。"

然后替他松了绑，由他待在沙漠中间，他终于饥渴而死。光荣归于不朽者。

---

* 这是前篇提到的牧师在讲坛上讲的故事。参见第 145 页。——原注

等　　待

　　马车把他送到西北区那条街道的四千零四号。早晨九点的钟声还没有敲响，那个男人赞许地看看树皮斑驳的梧桐，每株树下一方暴露的泥土，带小阳台的整齐的房屋，旁边一家药房，油漆五金店的褪色的菱形门面装饰。人行道对面是一家医院的长围墙，远处一些暖房的玻璃闪闪反射着阳光。那人心想，这些东西（仿佛在梦中见到似的杂乱无章、毫无道理地凑在一起）以后日子一长，假如上帝允许，倒是不变的、必要的、亲切的。药房的橱窗里摆着瓷制店名牌：布雷斯劳尔；犹太人正在取代意大利人，而意大利人曾挤掉了本地白人。还是这样好，那个男人宁愿和不是本民族的人打交道。

车夫帮他搬下大衣箱，一个神情恍惚或者疲倦的女人终于开了门。车夫从座位上退给他一枚钱币，自从在梅洛旅馆的那晚以来一直揣在他口袋里的一枚乌拉圭铜币。那人给了车夫四毛钱，当即想道："我的一举一动都不能给别人留下印象。我已经犯了两个错误：付了一枚别国的钱币，并且让人注意到我很重视这个差错。"

由那个女人带路，他穿过门厅和第一个天井。替他保留的房间幸好是对着第二个天井。屋里有一张铁床，工匠把床架做得花里胡哨，像是葡萄藤和葡萄叶的形状；还有一个松木大衣柜，一张床头桌，一个落地书柜，两把不配套的椅子，一个有脸盆、水罐、肥皂盒和深色玻璃杯的洗脸架。墙上有一幅布宜诺斯艾利斯省的地图和一个十字架；墙纸是胭脂红色的，图案是许多重复的开屏的大孔雀。唯一的一扇门朝着天井。挪动椅子位置之后才搁得下大衣箱。房客表示满意，当那女人问他怎么称呼时，他回答说姓维拉里。他之所以说这个姓，并不是当作秘密的挑战，也不是为了减轻事实上他并不感觉的屈辱，而是因为这个姓一直困扰着他，他不可能想到别的姓。认为冒用仇人的姓是狡黠的手段，是小说里胡编的,他当然没有这种想法。

维拉里先生最初足不出户,几星期后,等天黑了才出去一会儿。一晚,他进了离住处三个街区远的一家电影院。他总是坐最后一排,总是不等终场,提前一些站起来离开影院。他看了下层社会的悲惨故事;毫无疑问,这种故事包括失误,包括他以前的生活的形象;维拉里没有注意这些,因为他从没有想到艺术和现实会有巧合的可能。他顺从地努力让自己喜欢故事情节,他希望抢在展示情节的意图之前。和爱看小说的人不同,他从不把自己看成是艺术作品中的人物。

他从没有信件,甚至没有寄给他的广告宣传品,但他带着模糊的希望看报纸的某一栏消息。傍晚时,他把一把椅子搬到门口,认真地喝马黛茶,眼睛盯着隔壁房子墙上的爬藤植物。独处的岁月使他知道,在记忆中每天的日子大多是一模一样的,但没有哪一天,即使在监狱或者医院里,不发生一些意想不到的事情。以前在幽居的情况下,他情不自禁地要计算日子和小时,不过这次情况不同,因为这次幽居是没有期限的——除非一天早晨报上登出阿列杭德罗·维拉里死去的消息。也有可能维拉里已经死了,那么现在过的日子就像是一场梦。那种可能性使他忐忑不安,因为他弄不明白它带来的感觉是如释重负呢还是大祸临头;他对自己说那种可能性太荒唐,便把它排除了。在遥远的过去(使他觉得遥远的不是时间长,而是两三件不可挽回的事),他怀着不顾一切的爱,曾向往过许多东西;那种强烈的愿望招来了男人们的憎恨和一个女人的爱情,现在却不想某些特殊的东西了:只希望能持续,不要结束。马黛茶味,烈性烟味,天井地上越来越长的影子。

这幢房子里有一条老狼狗。维拉里同它交上了朋友。他用西班牙语、意大利语和记忆所及的小时说的一些乡村方言同狗说话。维拉里试图只顾眼前,不回忆过去,也不考虑将来;对他说来过去的回忆比展望将来更没有意义。他隐约觉得过去是构成时间的物质,因此时间很快就变成过去。有时候,他的厌倦像是一种幸福感;那时候,他的心理活动不比一条狗复杂多少。

有一夜,他嘴里一阵剧痛,使他惊恐哆嗦。那个可怕的奇迹几分钟后重演一次,快天亮时又来了一次。第二天,维拉里雇了一辆马车,去十一区¹的一家牙科诊所。大夫替他拔掉了那颗大牙。在那紧要关头,他不比别人胆小,也不比别人镇定。

另一夜,他从电影院回家,觉得有人推撞。他心头火起,但又感到隐秘的宽慰,转过脸去看那个冒犯他的人,恶狠狠地骂了一句。对方一惊,结结巴巴地道歉。那是个高个子的年轻人,黑头发,身边有个德国型的女人;维拉里那晚再三思索,确定自己不认识那两个人。但是他在家里蹲了四五天才敢上街。

书柜里有一部安德里奥利评注的《神曲》。出于些许好奇和强烈的责任感,维拉里开始阅读那部皇皇巨著;他晚饭前看了一歌,然后严格按照顺序细读了注释。他认为地狱里的苦难不是不可能或过分的,他没有想到但丁已把他打进最后一层地狱,在那里乌戈利诺²不停地用牙齿啮咬着卢其埃里的

---

1 布宜诺斯艾利斯行政上并无该市区。此处系指九月十一日火车站一带,是犹太人聚居和卖便宜货的地段,俗称十一区。
2 Ugolino(1220—1289),中世纪意大利比萨伯爵,1270年前后企图篡夺比萨最高权力,背弃了他所属的皇帝派,与教皇派结盟。1284年热那亚与比萨作战,乌戈利诺出卖了比萨人,致使他们惨败。1288年被推翻,与二子二孙一起被幽禁在瓜兰迪塔饿死。但丁在《神曲·地狱篇》中记叙了这个故事。

脖子。

大红墙纸上的孔雀似乎会引起纠缠不清的梦魇，但是维拉里先生从没有梦见由密密匝匝的活鸟组成的怪异的凉亭。天亮时，他总是做一个背景相同但细节各异的梦。维拉里和另外两个人握着手枪闯进他的房间，或者在他从电影院里出来时袭击他，或者三个人都成了那个推搡他的陌生人，或者阴沉地在天井里等他，见了面却好像又不认识他。梦快结束时，他从床头柜的抽屉里掏出手枪（他确实在抽屉里放了一把手枪），朝那些人发射。枪响把他吵醒，但那始终只是一个梦，在另一个梦中那些人重新袭击他，在第三个梦中他不得不再次把他们打死。

七月里一个朦胧的早晨，陌生人的在场（不是他们开门的声响）惊醒了他。在幽暗的房间里，他们显得很高大，面目在幽暗中却模糊得出奇（在噩梦中一直比现在清晰得多），他们虎视眈眈，一动不动，耐心等待，仿佛手中武器的重量压弯了他们的视线，阿列杭德罗·维拉里和一个陌生人终于找到了他。他做个手势，让他们稍候，然后朝墙壁翻过身，仿佛想重新入睡。他这样做，是为了引起杀他的人怜悯，还是因为承受一件可怕的事要比没完没了地想象它、等候它轻松一些，或者——这个可能性也许最大——设想那些杀手只是梦中的景象，正如他在同一地点、同一时间多次见过的那样？

他正这样恍恍惚惚时，枪声抹掉了他。

门槛旁边的人

比奥伊·卡萨雷斯从伦敦带回一把奇特的匕首，三棱形的刀身，H字形的刀柄；我们那位英国文化协会的朋友，克里斯托弗·杜威说，这种武器是印度斯坦人常用的。这一见解使比奥伊打开了话盒子，说他在两次世界大战之间在那一地区工作过。（我记得他还误引了尤维纳利斯[1]的一句诗，用拉丁文说"恒河之水天上来"。）我根据他那晚讲的见闻，编写了下面的故事。内容肯定忠实于原意：愿真主助我摒绝诱惑，以免添枝加叶，或者像吉卜林那样夹叙夹议，渲染故事的异国情调。此外，这篇故事有一种简古的意味，或许可以和《一千零一夜》里的故事媲美，让它泯灭，实在是一大憾事。

我所要讲的故事，确切发生在什么地点无关紧要。再说，在布宜诺斯艾利斯，有谁记得住阿姆利则或乌德[2]这类地方精确的地理位置呢？因此，我只消说当年一个伊斯兰城市里发生了骚乱，中央政府派了一个铁腕人物前去恢复秩序。那个人出身于苏格兰一个显赫的武士家族，血液里带有暴力的传统。我只见过他一次，但再也忘不了他乌黑的头发，高高的颧骨，贪婪的鼻子和嘴巴，宽阔的肩膀和北欧海盗似的结实的骨架。今晚在我的故事里暂且称他为大卫·亚历山大·格兰凯恩吧，这两个名字对他很合适，因为两位以铁的权杖治理国家的君主分别叫这两个名字。我猜想大卫·亚历山大·格兰凯恩（我得习惯于这么称呼他）叫人生畏；他走马上任的告示一张贴出来，全城就平安无事。但他仍旧颁布了许多酷烈的法令。几年过去了。锡克族和穆斯林捐弃了夙怨，城里和附近地区太平无事，这时格兰凯恩却突

---

1 Decimus Iunius Iuvenalis（约60—约140），古罗马讽刺诗人。作品揭露罗马帝国的暴政，抨击贵族的荒淫，同情贫苦人民。
2 阿姆利则和乌德，均系印度地名。

然失踪。很自然,有不少街谈巷议,有的说他被绑架,有的说他给杀死了。

这些情况是我从上司那里听来的,因为新闻审查十分严厉,格兰凯恩失踪之事报上未予评论(据我回忆,甚至没有报道)。有句谚语说,印度之大大于世界;格兰凯恩在奉诏管辖的城市里也许可以一手遮天,但是在大英帝国的行政机器里只是个小小的零件。当地警方的调查毫无结果,我的上司认为派一个人微服私访或许能减少疑惧,取得较大效果。三四天之后(印度街道之间的距离够大的)我跑遍了那个吞没一个大人的城市的街道,没有多大指望。

我几乎立即感到一个隐瞒格兰凯恩下落的庞大阴谋。我觉得,这座城市里没有一个人不知道这个秘密,没有一个人不发誓守口如瓶。我询问的人中间,大多是一问三不知;连格兰凯恩是谁都不知道,从没有见过也没有听说过这个人。另一些人则相反,说什么一刻钟之前还见到他同某某人在讲话,甚至还陪我到两人进去的那户人家,可是里面的人说是根本没有见过那两人,或者说是刚刚离开。有些人说得有鼻子有眼，却没有一句真话，气得我照着他们的脸就是一拳。证人们尝到了我的厉害，又编出一套谎话。我不相信，但不敢置之不理。一天下午，有人留给我一个信封，里面的纸条上写着一个地址……

我赶到时，太阳已经西沉。信里的地址是个贫民区；那座房屋很低矮；我从人行道上望到里面有好几进泥地的院落，最里面是一片空地。最后一进的院子里在举行某种穆斯林庆典，一个盲人捧着红色木制的琵琶走了进去。

我脚下有个老态龙钟的男人蜷缩在门槛上，一动不动，仿佛一堆什么东西。我得描述一下，因为他是故事的重要部分。漫长的岁月磨掉了他的棱角，抽缩许多，有如流水冲刷的石头或者经过几代人锤炼的谚语格言。他鹑衣百结，至少在我看来是这样，缠头长巾也是一块破布。他向我抬起头，在沉沉暮色中只见黧黑的脸和雪白的胡子。反正我已不存什么希望，开门见山就向他打听大卫·亚历山大·格兰凯恩。他开始没有听懂（或许没有听清），我不得不解释说格兰凯恩是司法长官，我在找他。我说话时觉得询问这样一个老头未免可笑，对他来说，现实无非是模糊的嘤嘤声。我想，这个老头也许能谈谈有关暴乱或者阿克巴[1]的事情,但绝没有格兰凯恩的消息。他随后讲的话证实了我的怀疑。

"司法长官!"他略带诧异地说。"长官失踪了,你们在找。我还是小孩的时候发生过这种事情。日期我记不清楚了,不过那时候尼卡尔·赛因(尼科尔森[2])还没有在德里城下阵亡。过去的时间留在记忆里,我当然记得当时发生的事情。神一怒之下容许人们败坏堕落,因此人们满口诅咒,谎骗欺诈。话虽这么说,不是所有的人都是邪恶的,当传闻女王要派人到这个国家行使英吉利的法律时,那些不太坏的人额手称庆,因为他们认为法治总比混乱为好。那个基督徒上任不久就滥用职权,欺压百姓,贪赃枉法,罪大恶极的人都从轻发落。最初,我们并不怪罪于他,因为谁都不清楚他推行的英国司法制度,新长官明显的倒行逆施也许自有他的奥妙。我们总是往好里想,认为他总有他的道理,但是他同世

---

1 Akbar(1542—1605),印度帖木儿家族的莫卧儿皇帝,1556—1605年在位,曾统一印度半岛北部,实行改革。
2 Nicholson(1821—1857),英国军人,1857年印度反抗英国统治时,德里英国驻军受围困,尼科尔森率领援军解围,在城下受伤身亡。

界上所有贪官污吏的相似之处实在太明显了，到头来，我们不得不承认他是个不折不扣的恶棍。他成了暴君，穷苦百姓（他们一度对他寄予厚望，现在发觉看错了人，格外忿恨）打定主意要绑架他，加以审判。光说不干是不够的，计划必须付诸行动。除了头脑简单、少不更事的人之外，也许谁都不信这个大胆的计划能够实现，但是成千上万的锡克族和穆斯林履行了自己的诺言，一天居然难以置信地做到了他们谁都认为是不可能做到的事情。他们绑架了司法长官，把他囚禁在偏僻郊区的一间农舍里。然后，他们遍访遭受他伤害的人，或者（在某种情况下）寻找那些遗孤遗孀，因为那些年来，这个屠夫手中的剑从没有休息过。最后，也许是最艰巨的工作，是寻找并任命一位审判司法长官的法官。"

这时候，有几个妇女进了屋，打断了他的话。

过了一会儿，他缓缓地接着说：

"谁都知道每一代都有四个正直的人，秘密地支撑着天宇，并在神面前证明了自己当之无愧：这四个人中间准有一个最称职的法官。但是人海茫茫，湮没无闻，相见不一定相识，何况他们自己也不知道身负秘密使命呢？于是有人出主意,既然我们无缘辨识贤人,那就从痴骏中间去找。这一意见占了上风。《古兰经》学者,法学博士,有狮子之称、信奉一个神的锡克族,信奉众多神祇的印度教徒,宣扬宇宙的形状像是叉开两腿的人的马哈毗拉和尚,拜火教徒和信奉犹太教的黑人组成了法庭,但是最终的判决交给一个疯子去做。"

这时候,有几个人从庆典活动中出来,打断了他的话。

"由一个疯子来判决,"他重复了一遍。"以便神的睿智通过他的嘴来表达,让人的狂妄自大感到羞愧。疯子的名字已被人遗忘,或者根本没人知道,他赤身裸体或者披着褴褛的衣服在这一带街上转悠,老是用大拇指数自己的手指,或者同路旁的树木调笑。"

我不以为然。我说,由疯子做最后判决,审讯是无效的。

"被告接受了这个法官,"他回答说。"也许他明白,假如密谋者释放了他会有危险,他只能从一个疯子那里得到非死刑的判决。据说人们告诉他法官是谁时,他哈哈大笑。由于证人数目庞大,审判过程持续了许多日日夜夜。"

老头不做声了,显得心事重重。我得找些话来说,便问他审判了几天。

"至少十九天吧，"他回答说。从庆典活动出来的人又打断了他的话；穆斯林是不准喝酒的，但是出来的人的脸色和声音都像喝醉酒似的。其中一个朝老头喊了句什么，然后走了。

"不多不少，恰恰一十九天，"他更正说。"那个狼心狗肺的家伙听了判决，刀子插进了他脖子。"

他眉飞色舞，但声调残忍。接着，他声音一变，结束了那个故事。

"他无畏无惧地死了。那些无赖恶棍有时候很硬气。"

"你讲的事情出在什么地方？"我问道。"在一间农舍？"

他第一次抬头正视我，然后慢慢地、字斟句酌地说：

"我说过他们把他囚禁在一间农舍，并没有说在那里审判。是在这座城里审判的：在一座普通的房子，像这里一样的房子。房子与房子差别不大，重要的是那座房子建在地狱还是建在天堂。"

我打听那些密谋者的下场。

"我不知道，"老头耐心地说。"这些事情过了多年，早给遗忘了。也许他们被判了罪，但判罪的是人，决不是神。"

他说完便站起身。我觉得他向我下了逐客令，从那一刻开始，我这个人对他来说已经不存在了。旁遮普省各族男女汇成的一股人流，有的在祈祷，有的在诵唱，朝我们拥来，几乎把我们卷走：那些狭窄的院落比长门厅大不了多少，竟然出来这么多人，真叫我吃惊。另一些人是从左邻右舍出来的：他们准是跳过矮墙过去的……我推推搡搡，骂骂咧咧，才挤开一条路。在最后那个院子里，我遇上一个赤身裸体、头戴黄色花冠的男人，人们纷纷吻他，踊跃捐输，他手里有一把剑，剑上沾有血污，因为这把剑处死了格兰凯恩，格兰凯恩的残缺的尸体则是在后院马厩里找到的。

阿 莱 夫[*]

啊,上帝,即便我困在坚果壳里,我仍以为自己是无限空间的国王。

《哈姆雷特》,第二幕第二场

他们会教导我们说,永恒是目前的静止,也就是哲学学派所说的时间凝固;但他们或任何别人对此并不理解,正如不理解无限广阔的地方是空间的凝固一样。

《利维坦》[1],第四章第四十六节

贝雅特丽齐·维特波临终前苦楚万分,感伤和恐惧都不能使痛苦缓解片刻,终于在二月份一个炎热的早晨[2]去世,那天我发现宪法广场高耸的广告铁架换了一个不知什么牌子的香烟广告;那件事让我伤心,因为我明白不停顿的广大的世界已经同她远离,广告牌的变化是一系列无穷无尽的变化中的第一个。世界会变,但是我始终如一,我带着悲哀的自负想道;我知道我对她不合情理的爱慕有时使她难以容忍;如今她死了,我可以专心致志地怀念她,不抱希望,但也没有屈辱感。我想,四月三十日是她的生日;那天去加拉伊街他们家探望她的父亲和她的表哥卡洛斯·阿亨蒂诺·达内里是合乎礼节的,无可非议,或许也无可回避。我将再次等在幽暗的、满是摆设的小会客室里,再次端详她许多背景各异的相片。贝雅特丽齐·维特波彩色的侧面照;一九二一年狂欢节时贝雅特丽齐戴着面具的照片;贝雅特丽齐第一次领圣餐;贝雅特丽齐和罗伯托·亚历山德里结婚那天的留影;贝雅特丽齐离婚后不久在马术俱乐部午餐会上;贝雅特丽齐同德利亚·圣马科·波塞尔和卡洛斯·阿亨蒂诺在基尔梅斯;贝雅特

---

* 希伯来文字母中第一个字母(א),神秘哲学家们认为它意为"要学会说真话"。
1 英国哲学家霍布斯(Thomas Hobbes,1588—1679)论国家组织的著作,全名为《利维坦,或宗教与市民国家的实质、形式与权力》。
2 阿根廷地处南半球,时令季节同北半球相反,阿根廷的二月是晚夏。

丽齐和维列加斯·阿埃多送给她的哈巴狗在一起；贝雅特丽齐的正面照和斜侧面照，手托着下巴在微笑……我不必像往常那样带几本送她的书作为去拜访的借口，我终于学了乖先把那些毛边书书页裁开，免得几个月后发现它们原封未动而发窘。

贝雅特丽齐·维特波是一九二九年去世的，此后每年到了四月三十日我总是去她家看看。我一般在七点一刻到，坐二十多分钟；每年晚去一会儿，多坐一些时间；一九三三年那次一场瓢泼大雨帮了我忙：他们不得不留我吃晚饭。我当然不错过那个良好的开端；一九三四年那次到她家时已过八点钟，我带了圣菲的杏仁甜饼；很自然地留下吃饭。这样，在忧伤和略带哀艳的周年纪念日里，我逐渐赢得了卡洛斯·阿亨蒂诺·达内里的信任。

贝雅特丽齐颀长荏弱，略微有点朝前倾；她的步态（如果允许使用矛盾修饰法的话）有一种优美的笨拙，一种陶醉的意味；卡洛斯·阿亨蒂诺脸色红润，身体壮实，头发灰白，眉清目秀。他在南郊一家不出名的图书馆里担任一个不重要的职务；他相当专横，但不起作用；从不久前开始，晚上和节日他都待在家里不外出。虽然隔了两代，他的意大利口音和说话时的大量手势依然存在。他的心理活动活跃、激动、多变，但无足轻重，充满了无用的类推和多余的顾虑。他的手（像贝雅特丽齐一样）细长漂亮。有几个月，他迷上了保尔·福尔[1]，他佩服的不是福尔的歌谣，而是他无可挑剔的名声。"福尔是法国诗人中的王子，"他自负地说。"你再怎么攻击他也是白费气力，你浸透毒汁的箭休想射中他。"

一九四一年四月三十日，我在杏仁甜饼之外，加了一瓶国产的白兰地酒。卡洛斯·阿亨蒂诺尝了酒，觉得味道不错，几杯下肚后，他开始为现代人进行辩护。

"我想到书房里的现代人，"他带着莫名其妙的兴奋说。"仿佛在一座城堡的塔楼里，配备有电话、电报、唱机、无线电报机、电影机、幻灯机、词典、时刻表、便览、简报……"

他评论说，具有这种便利条件的人根本不需要出门旅行；我们的二十世纪改变了穆罕默德和山的寓言；如今大山移樽就教，向现代的穆罕默德靠拢了。

---

[1] Paul Fort (1872—1960)，法国诗人，著有三十多卷《法国歌谣集》，风格清新平易，但具有古典诗歌的优美。1890 年创立艺术剧院，1905 至 1914 年间主编《诗歌与散文》杂志。

我觉得那些想法是如此愚蠢，表达的方式又如此自命不凡，马上把它们同文学联系起来；我问他为什么不留诸笔墨。他果然不出所料回答说已经这么做了：多年来他一直在写一部长诗，从不宣扬，从不大吹大擂，只靠勤奋和孤寂两根拐杖，那些想法和另一些同样新奇的概念都包含在长诗的引子篇、绪论篇，或者干脆叫前言篇里。他首先打开想象的闸门，然后遣词造句，合辙押韵。那部诗题名为《大千世界》，主要是描绘地球，当然也不缺渲染烘托的题外话和帅气的呼语助词。

我请他念一节给我听听，即使短一点也不妨。他拉出写字桌的抽屉，取出一个大卷宗夹，里面是印有胡安·克里索斯托莫·拉菲努尔图书馆名称的便笺，自鸣得意地朗诵起来：

> 我像希腊人一样看到了人们的城市，
> 工作、五光十色的时日、饥饿；
> 我不纠正事实，也不篡改名字，
> 但我记叙的航行是在房间里的卧游。

"显而易见是很有趣的诗节，"他自己评定说。"第一句虽然不被舆论界占多数的紫色派学者赞赏,却得到教授、学院派和研究古希腊文化的学者的喝彩;第二句笔锋一转,从荷马谈到赫西奥德(仿佛一座新房子的门脸,这完全是对教学诗歌之父的含蓄的恭维),并且对那种可以溯源到《圣经》的综述堆砌的手法有所创新;第三句——巴罗克风格、颓废主义、对形式的净化和狂热的崇拜?——包含两个对称的半句;第四句不言自明,有双语成分[1],凡是豁达恢弘、有幽默感的人在这句诗上都对我佩服得五体投地。我不必谈韵脚和功力了,不是卖弄,四句诗里包含了上下三千年浓缩文学的三个精辟的隐喻:第一个指《奥德赛》,第二个指《工作与时日》,第三个指那个萨瓦人[2]妙笔给我们留下的不朽的小诗……"我再一次领会到现代艺术要求笑的调剂,要求有些玩笑。哥尔多尼[3]的话确实不假!

他还念了许多节诗,自赞自叹,作了大量评论。我听过

---

[1] 第四句的"航行"和"在房间里的卧游"在原诗中是法语。
[2] 指保尔·福尔,他是法国东南地区萨瓦人。
[3] Carlo Goldoni (1707—1793),意大利剧作家,生平写了一百二十多部喜剧,是意大利现代性格喜剧的创始人。

之后毫无印象,甚至不觉得它们比前面一节更糟。从达内里的诗里可以看到勤奋、忍耐和偶然性,就是看不到他自己所说的才华。我明白,那位诗人的气力不是花在诗上,而是千方百计找出理由来让人赞赏他的诗;很自然,这番努力提高了他作品在他心目中的地位,但是改变不了别人的看法。达内里的朗诵有点狂放;但除了极个别的情况之外,笨拙的韵律妨碍了他把那种狂放传递给他的诗句[1]。

我生平只有一次机会细读了《福地》一万五千行十二音节的诗,迈克尔·德雷顿[2]在那首地形史诗里记载了英国的动植物、水文、山岳、军事和寺院的历史;我敢说这部有分量但也有局限性的作品使人厌倦的程度要低于卡洛斯·阿亨蒂

---

1 我还记得他猛烈抨击蹩脚诗人的一首讽刺诗里的句子:
   有人给诗歌披上博学的戎装;
   也有人刻意雕琢,搞得糜丽,
   两者徒劳地鼓动可笑的翅膀……
   可悲地忘了优美的因素!
   他对我说,怕招来一大批势不两立的强大敌人,他才没有贸然发表这首诗。
   ——原注
2 Michael Drayton(1563—1631),英国伊丽莎白女王时代最有代表性的诗人之一,写了不少十四行诗、戏剧、颂歌、牧歌、神话以及有关《圣经》和历史题材的作品。

诺同样性质的鸿篇巨制。他雄心勃勃地想用诗歌表现整个地球;一九四一年,他已经解决了昆士兰州几公顷土地、鄂毕河一公里多的河道、维拉克鲁斯北面的一个贮气罐、康塞普西翁区的主要商行、玛丽亚娜·坎巴塞雷斯·德·阿韦亚尔在贝尔格拉诺区[1]九月十一日街上的别墅,以及离布赖顿著名水族馆不远的一家土耳其浴室。他又念了他诗中有关澳大利亚地区的吃力的段落,那些又长又不像样的亚历山大体的诗句缺少引子里比较使人激动的东西。我不妨抄录一节:

听着。在那根通常的木桩右面
(不用说,当然是从北、西北方向过来)
有一具无聊的骨架——颜色么,天白——
给了羊栏以尸骨冢的面貌。

"两个奇崛的用法,简直妙不可言,"他狂喜地嚷道。"我已经听到你在暗暗叫绝了!我承认,我承认。首先是那个形

---

[1] 布宜诺斯艾利斯市北部街区。

容词'通常',它一针见血地点破了田园农事固有的、不可避免的沉闷,以前的田园诗和我们赫赫有名的《堂塞贡多·松勃拉》从不敢这样淋漓尽致地指出来。其次,那个平铺直叙然而力透纸背的'无聊的骨架'在矫揉造作的诗人眼里会被看成异端邪说,但是欣赏遒劲豪放的批评家却爱之若命。此外,整个一节诗品位很高。第三行后半句和读者生动活泼地攀谈起来;它料到读者迫切的好奇心理,借读者之口提个问题,随即又作了回答。至于那个创新'天白',你如何评价?那个形象生动的新词使人联想到天空,而天空是澳大利亚风景的至关重要的因素。如果没有那个联想,全诗的笔调难免过于暗淡,读者内心深处将被无法缓解的悲哀所袭,不得不掩卷长叹。"

将近午夜时我才告辞。

过了两个星期天,达内里打电话找我,据我记忆所及,那是他生平第一次。他邀我四点钟见面,"一起在附近的酒吧沙龙喝牛奶,那是有开拓思想的苏尼诺和松格里——也就是我的房东,你记得吗——在街角新开的咖啡馆;你该见见这个场所。"我兴致不高,无可奈何地同意了。我们好不容易才找到一张空桌;那个"酒吧沙龙"现代化得没治,糟糕的程度比我想象的稍低一些;旁边几张桌子的顾客兴奋地谈论着苏尼诺和松格里毫不吝啬的巨额投资。卡洛斯·阿亨蒂诺装出为灯光设计的精致感到惊奇(其实他肯定早见过了),一本正经地对我说:

"不管你愿不愿意,你得承认这个地方可以和弗洛雷斯区[1]最高级的咖啡馆相比。"

然后他把他的诗又念了四五页给我听。他根据那个炫耀辞藻的等而下之的原则作了修改:原先写成湛蓝的地方,现在改为蓝晶晶、蓝莹莹,甚至蓝盈盈。他本来认为乳白这个词不坏;在描写洗羊毛池的时候,他换了奶白、乳汁白、乳浆白……他痛骂批评家;接着,他比较厚道地把批评家说成是"那种自己没有铸币的金银,也没有蒸汽压机、滚轧机和硫酸,但能指点别人藏镪的地点"。随后,他抨击了前言癖,"天才中的天才在《堂吉诃德》优雅的前言里已经嘲笑了这种毛病。"然而他承认在新著的扉页最好有一篇显眼的前言,由

---

[1] 布宜诺斯艾利斯市西部街区。

一位有声望、有地位的名士签署的认可。他说他打算发表长诗的前几章。我明白了那次奇特的电话邀请的动机,那人想请我替他的卖弄学识的杂烩写个前言。我的担心是没有根据的:卡洛斯·阿亨蒂诺带着怨恨的钦佩说,阿尔瓦罗·梅利安·拉菲努尔是个有学问的人,如果我出面相求他欣然为长诗写序,他博大精深的声望也就名副其实了。为了防止最不可原谅的失误,我得为两个未完成的优点做说客:十全十美的形式和严格的科学内容,"因为在那个优美比喻和形象的花园里最小的细节都严格符合真实"。他又说贝雅特丽齐生前和阿尔瓦罗一直相处甚得。

我满口答应。为了做得更逼真,我声明我不在星期一,而在星期四作家俱乐部会后通常举行的小型晚餐会上和阿尔瓦罗谈这件事。(晚餐会是没有的,会确实在星期四开,卡洛斯·阿亨蒂诺·达内里从报纸上可以核实,相信我的话有点真实性。)他半是猜测,半是机灵地说,在提到序言之前,我会介绍作品奇特的构思。我们分了手;在拐到贝尔纳多·德·伊里戈延街之前我毫无偏见地看到面前的两种可能性:一、找阿尔瓦罗谈谈,告诉他贝雅特丽齐的那位表哥

（我用那种委婉的解释才能提起贝雅特丽齐）写了一部长诗，似乎能无限制地延伸唠叨和混乱的可能性；二、不和阿尔瓦罗谈。我清醒地预见到生性懒惰的我会选择第二种可能性。

从星期五一早开始，电话就使我忐忑不安。我气恼的是那个装置以前曾传来再也听不到的贝雅特丽齐的声音，现在随时都可能成为那个失望的卡洛斯·阿亨蒂诺·达内里无用的、甚至愤怒的抱怨的传话筒。幸好他没有来电话，但那人先则强人所难，要我办一件棘手的事，后又把我忘得一干二净，使我满腹不快。

电话不再是可怕的东西，然而十月底的一天，卡洛斯·阿亨蒂诺打电话来找我。他非常着急，开头我辨不出是他的声音。他又恨又气地说那两个贪得无厌的家伙，苏尼诺和松格里，借口扩大他们的无法无天的咖啡馆准备拆除他的住房。

"我祖祖辈辈的家，我的家，加拉伊街根深蒂固的老家！"他气急败坏，也许忘了斟酌音韵。

我不难分担他的苦恼。过了四十年之久，任何变动都是时间流逝的令人难以忍受的象征；此外，对我来说，那幢房子永远是贝雅特丽齐的影射。我想说明这个十分微妙的特点，对方根本听不进。他说如果苏尼诺和松格里坚持他们荒唐的计划，他的律师松尼博士将根据事实向他们起诉，要求赔偿损害，付十万比索。

松尼的名字使我肃然起敬，他在卡塞罗斯街和塔夸里街的事务所信誉卓著。我问他是不是已经承办了这件案子。达内里说当天下午找他谈。他迟疑了一下，然后像透露一件十分隐秘的事那样，用平淡客观的声调说，为了完成那部长诗，那幢房子是必不可少的。因为地下室的角落里有个阿莱夫。他解释说，阿莱夫是空间的一个包罗万象的点。

"就在餐厅下面的地下室里，"他解释说，由于苦恼而压低了声音。"是我的，我的，我小时候还没有上学之前发现的。地下室的楼梯很陡，我的叔叔不让我下去，但是听别人说地下室别有天地。我后来才知道指的是一个大箱子，但当时我以为真是一个天地。我偷偷地去看，在禁止的楼梯上一脚踩空，滚了下去。我再睁开眼睛时，看到了阿莱夫。"

"阿莱夫？"我说。

"不错,从各种角度看到的、全世界各个地方所在的一点。我没有向任何人透露我的发现,但我回去了。小孩不懂得他已得到长大时雕琢诗篇的天赋!苏尼诺和松格里休想把我轰走,不行,一千个不行。松尼博士手持法典将证明我的阿莱夫是不可转让的。"

我试图作一些推理。

"地下室不是很暗吗?"

"真理不会进入拒绝理解的心灵。既然世界各地都包罗在阿莱夫里面,那么所有的灯盏和所有的光源当然也在其中了。"

"我马上去看。"

我唯恐他拒绝,立即挂断电话。一件小事就足以证实以前没有想到的一系列疑点,我奇怪为什么在此以前不知道卡洛斯·阿亨蒂诺神经有毛病。维特波一家人,还有……贝雅特丽齐(我自己常这么说)是个异常敏锐的女人,从小如此,但她有疏忽、走神、马虎和真正残忍的地方,也许需要从病理学的观点才能找出原因。卡洛斯·阿亨蒂诺神经不正常使我幸灾乐祸,我们内心里一向互相厌恶。

到了加拉伊街，女仆请我稍候。那个大孩子如往常一样，在地下室冲印相片。无用的钢琴上那个空花瓶旁边，贝雅特丽齐的色彩刺眼的大照片在微笑（与其说是时代错乱，不如说是不受时间限制）。谁也见不到我们；我一时感情迸发，走近照片对她说：

"贝雅特丽齐，贝雅特丽齐·埃莱娜，贝雅特丽齐·埃莱娜·维特波，亲爱的贝雅特丽齐，永远失去了的贝雅特丽齐，是我呀，是博尔赫斯。"

过了不久，卡洛斯来了。他说话的口气很冷漠，我理解他一心只想着失去阿莱夫的事。

"你先喝一小杯白兰地，"他吩咐说。"然后钻进地下室。你知道，你必须仰躺着。在黑暗里，一动不动，让眼睛先适应一下。你躺在砖地上，眼睛盯着楼梯的第十九级。我走了，放下地板门，你一个人待着。也许有个把耗子会吓你一跳，再简单不过了。几分钟后，你就会看到阿莱夫。炼丹术士和神秘哲学家们的微观世界，我们熟悉的谚语的体现：麻雀虽小，五脏俱全！"

在餐厅里，他又说：

"即使你看不到,你的无能显然也驳不倒我的话……下去吧,你很快就能和贝雅特丽齐所有的形象交谈了。"

他的废话叫我腻烦,我快步下去。地下室不比楼梯宽多少,很像一口井。我用目光搜寻卡洛斯·阿亨蒂诺说的大箱子,但是找不到。一个角落里堆放着几箱瓶子和一些帆布袋。卡洛斯拿了一个帆布袋,把它对折好,放在一个特定的地方。

"枕头差点劲,"他解释说。"不过只要再高一厘米,你就什么都看不到,丢人现眼了。你就在地上摆平,数一十九级楼梯。"

我按照他荒唐的要求做了,他终于走开。他小心翼翼地盖好地板门,尽管我后来发现一道罅隙。地下室一片漆黑。我蓦地领会到自己的危险:我喝了一杯毒酒,然后听一个疯子摆布,给埋在地下。卡洛斯的大话里流露出唯恐我看不到神奇现象的恐惧;卡洛斯为了维护他的谵妄,由于不知道自己是疯子,非把我杀掉不可。我觉得浑身不自在,但我归因于躺的姿势,而不是麻醉剂的作用。我合上眼睛,过一会又睁开。我看到了阿莱夫。

现在我来到我的故事难以用语言表达的中心,我作为作家的绝望心情从这里开始。任何语言都是符号的字母表，运用语言时要以交谈者共有的过去经历为前提；我羞惭的记忆力简直无法包括那个无限的阿莱夫，我又如何向别人传达呢？神秘主义者遇到相似的困难时便大量运用象征：想表明神道时，波斯人说的是众鸟之鸟；阿拉努斯·德·英苏利斯说的是一个圆球，球心在所有的地方，圆周则任何地方都不在；以西结说的是一个有四张脸的天使，同时面对东西南北。（我想起这些难以理解的相似不是没有道理的，因为它们同阿莱夫有关。）也许神道不会禁止我发现一个相当的景象，但是这篇故事会遭到文学和虚构的污染。此外，中心问题是无法解决的：综述一个无限的总体，即使综述其中一部分，是办不到的。在那了不起的时刻，我看到几百万愉快的或者骇人的场面；最使我吃惊的是，所有场面在同一个地点，没有重叠，也不透明，我眼睛看到的事是同时发生的；我记叙下来的却有先后顺序，因为语言有先后顺序。总之，我记住了一部分。

我看见阶梯下方靠右一点的地方有一个闪烁的小圆球，亮得使人不敢逼视。起初我认为它在旋转，随后我明白，球里包含的使人眼花缭乱的场面造成旋转的幻觉。

阿莱夫的直径大约为两三厘米，但宇宙空间都包罗其中，体积没有按比例缩小。每一件事物（比如说镜子玻璃）都是无穷的事物，因为我从宇宙的任何角度都清楚地看到。我看到浩瀚的海洋、黎明和黄昏，看到美洲的人群、一座黑金字塔中心一张银光闪闪的蜘蛛网，看到一个残破的迷宫（那是伦敦），看到无数眼睛像照镜子似的近看着我，看到世界上所有的镜子，但没有一面能反映出我，我在索莱尔街一幢房子的后院看到三十年前在弗赖本顿街一幢房子的前厅看到的一模一样的细砖地，我看到一串串的葡萄、白雪、烟叶、金属矿脉、蒸汽，看到隆起的赤道沙漠和每一颗沙粒，我在因弗内斯看到一个永远忘不了的女人，看到一头秀发、颀长的身体、乳癌，看到人行道上以前有株树的地方现在是一圈干土，我看到阿德罗格的一个庄园，看到菲莱蒙荷兰公司印行的普林尼《自然史》初版的英译本，同时看到每一页的每一个字母（我小时候常常纳闷，一本书合上后字母怎么不会混淆，过一宿后为什么不消失），我看到克雷塔罗的夕阳仿佛反映出孟加拉一朵玫瑰花的颜色，我看到我的空无一人的卧室，我看到阿尔克马尔一个房间里两面镜子之间的一个地球仪,互相反映,直至无穷,我看到鬃毛飞扬的马匹黎明时在里海海滩上奔驰,我看到一只手的纤巧的骨骼,看到一场战役的幸存者在寄明信片,我在米尔扎普尔的商店橱窗里看到一副西班牙纸牌,我看到温室的地上羊齿类植物的斜影,看到老虎、活塞、美洲野牛、浪潮和军队,看到世界上所有的蚂蚁,看到一个古波斯的星盘,看到书桌抽屉里贝雅特丽齐写给卡洛斯·阿亨蒂诺的猥亵的、难以置信但又千真万确的信(信上的字迹使我颤抖),我看到查卡里塔一座受到膜拜的纪念碑,我看到曾是美好的贝雅特丽齐怵目的遗骸,看到我自己暗红的血的循环,我看到爱的关联和死的变化,我看到阿莱夫,从各个角度在阿莱夫之中看到世界,在世界中再一次看到阿莱夫,在阿莱夫中看到世界,我看到我的脸和脏腑,看到你的脸,我觉得眩晕,我哭了,因为我亲眼看到了那个名字屡屡被人们盗用但无人正视的秘密的、假设的东西:难以理解的宇宙。

我感到无限崇敬、无限悲哀。

"你这样呆头呆脑地看下去要走火入魔了,"一个厌烦的声音取笑说。"我让你大开眼界,你绞尽脑汁一百年都报答不清。多么了不起的观察站,博尔赫斯老兄!"

卡洛斯·阿亨蒂诺的鞋子出现在最高的梯级上。我在昏暗中摸索着站起来,含含糊糊地说:

"了不起,确实了不起。"

我冷漠的口气使我自己也感到惊奇。卡洛斯·阿亨蒂诺急切地追问:

"你是不是都看清了,带色的?"

那时我想出报复的办法。我和蔼地、摆出十分同情但又不安地谢了卡洛斯·阿亨蒂诺·达内里盛情让我看了他的地下室,然后请他利用房屋拆除的机会离开有害的大城市,因为它饶不了任何人,对,任何人!我委婉而坚决地闭口不谈阿莱夫;我和他拥抱告别,再次重申乡村和宁静是两位好大夫。

在街上,在宪法大街的梯级上,在地下铁道,我觉得每一张脸都是熟悉的。我担心没有一张脸会使我感到惊奇,担心回来的印象永远不会消退。幸运的是,经过几个不眠之夜,遗忘再一次在我身上起了作用。

一九四三年三月一日后记

加拉伊街的房子拆除六个月之后,普罗库斯托出版社没有被那部长诗的篇幅吓倒,推出一个《阿根廷片段》选集。无需重复发生的事情。卡洛斯·阿亨蒂诺·达内里获得了国家文学奖二等奖。[1] 一等奖授予艾塔博士;三等奖获得者是马里奥·布范蒂博士;难以置信的是,我的作品,《赌棍的纸牌》,一票都没有捞到。不理解和嫉妒再一次占了上风!我好久没能和达内里见面,报上说他另一卷诗选很快就要出版。他那支走运的笔(如今已不受阿莱夫的妨碍)已经致力于把阿塞韦多·迪亚斯[2]博士的概述改写成诗歌。

我想补充说明两点:一是关于阿莱夫的性质;二是关于它的名称。大家知道,阿莱夫是希伯来语字母表的第一个字

---

[1] "我收到了你难过的祝贺,"卡洛斯写信给我说。"可悲的朋友,你可以嫉妒生气,但你不得不承认——即使咽不下这口气!——这一次我可以在我的四角帽上插一枝最鲜红的羽毛,在我的头巾上别一颗最华丽的红宝石。"——原注
[2] Acevedo Díaz(1882—1959),阿根廷作家、法学家。

母。用它来做我勃唆的故事的标题并不是信手拈来的。在犹太神秘哲学中，这个字母指无限的、纯真的神明；据说它的形状是一个指天指地的人，说明下面的世界是一面镜子，是上面世界的地图；在集合论理论中，它是超穷数字的象征，在超穷数字中，总和并不大于它的组成部分。我想知道的是，卡洛斯·阿亨蒂诺是自己想出这个名称的呢，还是在他家的阿莱夫向他揭示的无数文章中看到的，然后拿它来指诸点汇合的另一点呢？看来难以置信，我却认为有（或者有过）另一个阿莱夫，我认为加拉伊街的阿莱夫是假的。

我谈谈我的理由。一八六七年，伯顿船长在巴西担任英国领事；一九四二年七月，佩德罗·恩里克斯·乌雷尼亚[1]在巴西桑托斯的一家图书馆里发现了伯顿的一份手稿，谈到那面指点马其顿亚历山大大帝去征服东方的镜子。那面镜子反映了整个宇宙。伯顿还提到其他相似的器具——凯·约斯鲁的七倍杯，塔里克·本泽亚德在一座塔中找到的镜子（《一千零一夜》，第二百七十二夜），萨莫萨塔的卢奇安可以从中看

---

[1] Pedro Henríquez Ureña（1884—1946），多米尼加语言学家、文学评论家，著有《西班牙语美洲文学流派》等。

到月亮的镜子（《真实故事》，第一卷第二十六章），彼特罗纽斯的《萨蒂里康》第一卷说的朱庇特的有镜子功能的长矛，巫师默林的包罗万象的镜子，"圆形中空，像一个玻璃世界"（《仙后》，第三卷第二章第十九节）——又说了这么一段奇怪的话："前面所说的（除了根本不存在的缺点之外），无非是一些光学器具。去开罗阿姆尔清真寺礼拜的信徒们清楚地知道，宇宙在中央大院周围许多石柱之一的内部……当然，谁都看不到，但是把耳朵贴在柱子上的人过不久就宣称听到了宇宙繁忙的声响……"清真寺建于七世纪，石柱是从早在伊斯兰教创始之前的其他寺院迁来的，正如阿本贾尔敦写的："在游牧民族建立的共和国里，任何土木工程都需要外来工匠的协助。"

难道石头内部存在阿莱夫？当我看到所有的事物时是不是也看到了它？我们的记忆是容易消退的；在岁月悲惨的侵蚀下，我自己也在歪曲和遗忘贝雅特丽齐的面貌。

献给埃斯特拉·坎托

后　记

　　这个集子里除了《埃玛·宗兹》和《武士和女俘的故事》以外，都属于幻想小说类型。前者的梗概是塞西莉亚·因赫涅罗斯提供给我的，我写作时字斟句酌，唯恐损害如此精彩的情节；后者试图演绎两件可靠的事实。第一篇花了很大功夫，主题涉及永生给人类带来的后果。那篇阐述永生者的伦理观的故事后面是《釜底游鱼》：小说里的阿塞韦多·班德拉是里韦拉或者塞罗·拉尔戈之类犷悍的汉子，是切斯特顿笔下无与伦比的森迪的混血儿翻版。（《罗马帝国衰亡史》第二十九章叙说了一个遭遇和奥塔洛拉相似的人物，但情节更悲惨、更匪夷所思。）《神学家》写的是一个有关个人特征的凄楚的梦，《塔德奥·伊西多罗·克鲁斯小传》是对马丁·菲耶罗的注释。《阿斯特里昂的家》的创作和主角性格的塑造是我从瓦茨一八九六年的一幅油画得到的启发。《另一次死亡》是有关时间的幻想，彼尔·达米亚尼几句话给了我灵感。第二次世界大战期间，我比谁都更希望德国打败，比谁都更深切地感到德国命运的悲剧性；《德意志安魂曲》试图对那种命运加以探索，我们的"亲德分子"对德国一无所知，不懂得为德国的命运悲叹，甚至没有料到德国会落到这种地步。《神的文字》得到慷慨的好评，那头美洲豹使我不得不通过一个"卡霍隆金字塔的巫师"之口道出神秘主义或者神学者的观点。我认为在《扎伊尔》和《阿莱夫》里可以看到威尔斯一八九九年写的短篇小说《水晶蛋》的某些影响。

豪·路·博尔赫斯
一九四九年五月三日，布宜诺斯艾利斯

一九五二年附记

本书重版时增加了四篇。《死于自己的迷宫的阿本哈坎-艾尔-波哈里》,标题虽然吓人,据说并不值得记住。我们不妨把它看成是抄写员插进《一千零一夜》后被审慎的法文译者加朗剔除的那篇《两位国王和两个迷宫》的变调。关于《等待》,我要说的是十来年前根据布鲁塞尔图书馆协会的手册进行分类时,阿尔弗雷多·多夫拉斯念给我听的一则侦破性质的报道,编号忘了,只记得有个数字是231。报道中的人物是土耳其人,为了方便起见,我把他说成是意大利人。在布宜诺斯艾利斯巴拉那街的拐角处,我经常瞥见的一座很深的修道院启发我写了那篇题为《门槛旁边的人》;我把地点挪到了印度,淡化了它难以置信的程度。

豪·路·博尔赫斯

图书在版编目（CIP）数据

阿莱夫 / (阿根廷) 博尔赫斯 (Borges, J.L.) 著；
王永年译. —上海：上海译文出版社，2015.6 (2025.7重印)
(博尔赫斯全集)
ISBN 978-7-5327-6293-4

Ⅰ.①阿… Ⅱ.①博… ②王… Ⅲ.①短篇小说-小说集-阿根廷-现代 Ⅳ.①I783.45

中国版本图书馆CIP数据核字（2013）第305329号

JORGE LUIS BORGES
El Aleph

Copyright © 1996 by María Kodama
All rights reserved

图字：09-2010-605号

本书由上海市新闻出版专项资金资助出版

阿莱夫	JORGE LUIS BORGES	出版统筹 赵武平
	豪尔赫·路易斯·博尔赫斯 著	责任编辑 周 冉
El Aleph	王永年 译	装帧设计 陆智昌

上海译文出版社有限公司出版、发行
网址：www.yiwen.com.cn
201101 上海市闵行区号景路159弄B座
上海信老印刷厂印刷

开本850×1168 1/32 印张6.5 插页2 字数78,000
2015年6月第1版 2025年7月第21次印刷

ISBN 978-7-5327-6293-4
定价：42.00元

本书版权为本社独家所有，未经本社同意不得转载、摘编或复制
本书如有质量问题，请与承印厂质量科联系，T：021-39907745